BEST 嚴選

奇幻基地出版

晨碎

DAWNSHARD

布蘭登・山德森 著
傅弘哲 譯

Brandon Sanderson

BEST 嚴選

緣起

在繁花似錦的奇幻文學花園裡，你或許還在門外徘徊，不知該如何抉擇進入的途徑；也或許你已經置身其中，卻因種類繁多，或曾經讀過不合口味的作品，而卻步、遲疑。

ＢＥＳＴ嚴選，正如其名，我們期許能透過奇幻基地對奇幻文學的瞭解，以及對讀者的理解，站在出版者與讀者的雙重角度，為您精選好作家與好作品。

他們是名家，您不可不讀：幻想文學裡的巨擘，領域裡的耀眼新星。

它們最暢銷，您怎可錯過：銷售量驚人的大作，排行榜上的常勝軍。

這些是經典，您務必一讀：百聞不如一見的作品，極具代表的佳作。

奇幻嚴選，嚴選奇幻。請相信我們的眼光，跟隨我們的腳步，文學的盛宴、幻想世界的冒險，就要展開。

excellent bestseller classic

獻給凱薩琳・朵西・山德森（Kathleen Dorsey Sanderson）。
我認識的人之中最值得擁有一隻拉金的人（目前只能拿她的貓來將就一下了）。

致謝

這本書的誕生，全都來自社群的直接支持，對此我感到十分感激。如果你還不知道前因的話，本書是因爲《王者之路》皮革版的募資專案在網路平台Kickstarter上大獲成功而誕生，所以第一句致謝便是要感謝你們所有人！謝謝你們對這個系列的熱情支持，雖然我一直以來都覺得「颶光系列」有點太怪異又太龐大了，可能不會太受歡迎。

要以這樣的速度完成《晨碎》需要花費許多人的時間與心力，此中領軍的是孜孜不倦的Peter Ahlstrom，他是我公司的編輯主管，也是這本書的主要編輯。此外，連貫性編輯Karen Ahlstrom替錯綜複雜的時間線提供了許多幫助；Kristina Kugler是這本書的行句編輯，她的表現也一如既往地出色。

美國版封面的圖像設計是由Ben McSweeney和Issac Stwward負責。Issac是藝術總監，Ben則負責提供圖像，其中也包含了各章節的章首圖案。

這本書的寫作小組成員有Kaylynn ZoBel、Ben Oldsen、Alan Layton、Ethan Skarstedt、Kathleen Dorsey Sanderson、Eric James Stone、Darci Stone、Peter Ahlstrom，以及Karen Ahlstrom。

我們也特別找了關於無障礙行動與下肢癱瘓相關的專家小組，給了我許多非常好的建議，不但讓這本書在他們的專業領域中更加完善，整體也成爲一本更加引人入勝的好書。他們分別是Eliza Staufferr、Chana Oshira Block、Whitney Sivill、Sam Lytal，以及Toby Cole。

我們的二次試讀成員有Alice Arneson、Richard Fife、Darci Cole、Christina Goodman、Denna Whitney、Ravi Persaud、Paige Vest、Trae Cooper、Drew McCaffrey、Bao Pham Lyndsey "Lyn" Luther、Eric Lake、Brian T. Hill、Nikki Ramsay、Paige Phillips、Leah Zine、Sam Lytal、Jessica Ashcraft、Ian McNatt、Mark Lindberg、Jessie Bell、David Behrens、Whitney Sivill、Chana Oshira Block、Nathan Goodrich、Marnie Peterson、Eliza Stauffer，以及Toby Cole。

第三次試讀成員包含了大多數的二次成員，再加上Bao Pham、Aaron Ford、Frankie Jerome、Shannon Nelson、Linnea Lindstrom、Sam Baskin、Ross Newberry、

Evgeni "Argent" Kirilov、Jennifer Neal、Tim Challenger、Ted Herman、Chris McGrath、Glen Vogelaar、Poonam Desai、Todd H. Singer、Suzanne Musin、Gary Singer、Christopher Cottingham、Joshua Harkey、Donita Orders，以及Linting "Botanica" Xu。

在這裡特別提一下，爲了要趕上完成時間，他們之中有許多人才剛結束《戰爭節奏》的試讀就馬上開始投入這本書的工作，對於他們的智慧、努力，以及深思熟慮後給出的回饋，我感到由衷感激。

布蘭登・山德森

序曲

在這世上，沒什麼體驗比得上踩著索具掛在數十呎高空中，感受新鮮的海風迎上臉龐，舉目望向無盡湛藍海面的感受。廣闊的海洋彷彿是一條開放的大道，邀請你前去探索。

亞耶伯從來就無法理解爲什麼會有人害怕海洋。大海是如此開放，歡迎著一切，只要給她一點尊重，她就會帶你前往你想去的任何地方；途中，她甚至還會餵飽你，並以她的歌曲伴你入眠。

他深吸一口氣，嚐到鹽味，注視著風靈舞過，接著咧嘴微笑。沒錯，沒什麼事情比這更棒了。不過，能夠碰到從新人手上贏幾個錢球的好機會……算得上是差不多棒了。

多克就像害怕摔落的人一樣緊緊握著索具，遠遠不如深知自己不會摔下的人那般輕鬆地控制繩索。以一個雅烈席人來說，這傢伙還算挺不錯的。他們之中大多數人都不敢搭船，除非只是要橫渡一個大池塘。而這傢伙嘛，他不但知道左右舷的差別，還懂得好好地拉結縮帆，不至於勒死自己。

但他還是握得太緊了。還有，他在船身搖晃時會抓住欄杆。還有，他在上船第三天後暈船了。所以儘管多克幾乎能算是個水手了，還是差了那麼一點。既然亞耶伯決定負責留意新人，那現在就是他幫多克一把的時候了——用惡作劇的方式。如果雅烈席卡女王想要以賽勒那的航海傳統來訓練更多她的人手，他們就要連這部分也好好學習，這很有教育意義的。

「那裡！」亞耶伯大喊，探出身子指向一處，整個人隨著微風擺蕩。「你看到了嗎？」

「在哪裡？」多克爬得更高，掃視著海平面。

「就在那裡！」亞耶伯再次伸手一指。「一隻很大的靈，在陽光反射的海面附近，從海裡冒出來了。」

「沒有。」多克說。

「嗯。它就在那裡耶，多克。很大隻的水手靈，看來你還算不上是——」

「等一下！」多克抬手擋住刺眼的陽光。「我看到了！」

「眞的嗎？」亞耶伯說。「它長什麼樣子？」

「一隻又大又黃的靈？」多克說。「正從水裡冒出來？它有大大的觸手，在半空中揮舞，而且……背上還有紅色的條紋。」

「哇，乾脆把我丟下船當條魚好了，」亞耶伯說。「如果你能看見它，代表你眞的是一名水手。這次打賭算你贏了。」

當然啦，他們已經確保多克聽見了他們在悄聲談論的這個「水手靈」，這樣他才知道怎麼描述外型。亞耶伯從口袋拿出幾個夾幣交給多克。一開始輕鬆贏得小錢，會讓多克越來越願意參加賭局，他會隨時隨地都看見這個「水手靈」，直到他下重本打賭能夠抓到一隻。到時候他們才會揭露眞相，其實根本就沒有水手靈這種東西，然後大家就會好好大笑一場。

在亞耶伯看來，如果一個人單純到會上鉤，他終究是會輸光所有錢球的，何不輸給他的兄弟們呢？再說了，他們會把錢球留到上岸時拿來請所有人喝酒，多克也不例外。說到底，只有跟兄弟們一起喝個大醉後，你才能算得上是眞正的水手。此外，等到所有人都醉到不行的時候，也許他們全都會看見一群長滿觸手的黃色靈呢。

多克在索具上坐下。「亞耶伯，你眞的沉過一次？」

「沉的是船，」亞耶伯說。「我剛好只是船上的船員而已。」

「跟我聽到的不一樣，」多克的語調裡微微摻雜著雅烈席口音。「你不是跟其他人說颶他的整艘船直接從你腳下消失了？」

「是啊，不過在別人拉我起來之前，我大概已經喝了半片海洋的水吧，」亞耶伯說。「那時候的我算不上可靠的目擊者啦，對吧？」

等一下他要找出是哪個水手在謠傳他的故事，然後去把那傢伙的吊床縫死。他們都知道亞耶伯不喜歡談起隨風號沉沒的事情。那是艘好船，上面的船員們更好，但全部的人只有三個活了下來。

另外兩人對這起可怕事件的說法也跟亞耶伯記得的一致。刺客在黑暗中現身——比船員叛亂還要更糟糕，然後……整艘船就這麼消失了。之後好幾個月，他都以爲自己發了瘋。不過，後來整個世界都發了瘋，引虛者回歸，新的颶風來襲，所有人都在打仗。

所以如今才會有雅烈席人上了他的船。安全起見，他現在總會留意所有新人。多克看來人挺好的，亞耶伯會好好對待他——當然是用捉弄的方式。

亞耶伯身子更向外傾，試著恢復好心情。「現在你已經看過水手靈了，你就能……」他皺眉。那個是什麼？無盡的蔚藍之上有著一點污漬？

「什麼？」多克熱切地問。「我就能做什麼？」

「噓，」亞耶伯往上爬到鰻巢，對當值的布瑞克夫揮了揮手。「船艏左舷三個帆點處！」

布瑞克夫跳起身，舉起望遠鏡朝向那個方向搜尋，接著低聲咒罵。

「怎麼樣？」亞耶伯說。

「是船。等一下，它正從海洋曲面下露出來……沒錯，的確是一艘船。船帆破爛，向左舷傾斜。你是怎麼看見的？」

「上面掛的是哪種旗幟？」

「什麼都沒掛。」布瑞克夫將望遠鏡遞過來。

這是個壞徵兆。戰爭期間它怎麼會孤零零地在這裡航行？亞耶伯的船是艘快速偵查船，單獨航行並不奇怪，而近來所有商船應該都想要有護衛艦才對。

亞耶伯專注在那艘船上。甲板上沒有船員。颶風的。他將望遠鏡還回去。

「你想要回報？」布瑞克夫問。

亞耶伯點點頭，從繩索上滑下，經過多克時，他看起來一臉驚訝。亞耶伯從繩索上跳下，在甲板上跑了起來。他一次跳過兩階階梯，三步就到達船長的崗位。

「什麼事？」斯梅塔船長問。她是個高大的女人，眉毛捲成波浪狀，和她的頭髮互相搭配。

「有船，」亞耶伯說。「甲板上沒有船員。在船舷左側三個帆點處。」

船長曾向舵手，點了點頭。索具上的水手接到命令，船便轉向航往新發現的船隻方位。

「你帶隊登船，亞耶伯，」船長說。「以防需要你的特殊經驗。」

特殊經驗。大家都相信不實的謠言，耳語著亞耶伯其實在一艘幽靈船上航行了好幾年——這就是爲什麼最後船會消失的眞相。這也是爲什麼沒人想要同時僱用三名倖存者，所以他們只好分道揚鑣。

他並沒有抱怨被這樣對待。船長肯帶上他已經很好了，所以只要她下令，他就會去做。儘管他只是個沒有職權的水手，但在接近那艘奇怪的船時，就連大副都在等著他指示。

那艘船的船帆看來已全部碎成條狀了，船體在水中傾斜，甲板上連個鬼都沒有。登船探索時，船身並沒有從他們腳下消失不見。經過一小時的搜索後，他們空手而歸。沒有航海日誌，也沒有船員的蹤影——生死皆然。只有船名：始夢號。大副記得曾經聽過這艘私人帆船，它在數個月前的某次神祕航行中消失了。

亞耶伯等待船長與其他人討論該怎麼做時，靠在欄杆上看著那艘不幸的船，感到一陣不祥的預感。難道是命運讓他找到這艘船的嗎？船艦消失的船員登上了船員消失的船艦？船長是否打算拿出另一張帆，把這艘船也帶回去？亞耶伯非常確定這點。因爲戰事的緣故，他們需要每一艘船。

他會被任命搭上那艘船。他就是知道。八成會由颶他的女王親自下令。

大海果然是名奇妙的女子。總是開放，隨時歡迎，邀請著你。

第1章

有人可能會覺得挑選貿易商隊的路線很無聊，但對芮心（Rysn）來說，那卻是種刺激的追獵。沒錯，她的確只是坐在被一疊又一疊報告所包圍的房間裡，但她總是覺得自己是個獵人。

這些報告裡隱藏著太多有趣的細節了。像是待販賣的貨物資訊，或者有傳言說某些港口因爲戰爭而無法滿足需求等等，在這堆零碎的訊息中某處，存在著她的商隊想要的絕佳機會。她像是一名斥侯穿過樹叢般翻閱文件，既安靜又謹慎，尋找著完美的出擊角度。

再者，如此專心於一件事，能讓她從其他擔憂中稍微分心。不幸的是，只要她一想到這點，就忍不住看向嘰哩嘰哩（Chiri-Chiri）。這隻拉金全身上下包覆著甲殼，還有著薄膜狀的翅膀，平常整天都在煩芮心要吃的，不然就是惹出各種麻煩。但今天就像近來的每一天一樣，牠只是縮成一團，睡在長桌的另一頭，就在芮心的那盆雪諾瓦青草旁。

嘰哩嘰哩的身體從鼻子到屁股已經長到差不多一呎長了，若算上尾巴則再多加大概十五吋，牠已經大到芮心需要用兩隻手來抱牠。拉金有著令人印象深刻的外型，長著尖銳的下顎與掠食者般的眼睛。然而最近，牠原本紫褐色的甲殼逐漸褪成粉筆般的色澤。太過蒼白了——這不是單純要蛻殼而已。事情不太對勁。

芮心沿著長椅滑動。她以前比較喜歡獨立的小辦公室，現在想起來，她下意識這麼做的原因應該是想要躲藏起來。

如今可不一樣了。此時此刻她有間大辦公室，她還提出要求改裝了各種家具。雖然在兩年前的意外中，她失去了移動雙腿的能力，但不像和她通信的某些人那樣，她的脊椎並沒有被波及，因此芮心可以自力坐起身，儘管在沒有靠背的情況下依然很吃力，她還是覺得練習坐著對訓練自己的肌肉很有幫助。

比起單一張或數張椅子，她更偏好有靠背的長椅，因爲她能在上面自行滑動。她指定在辦公室內的數張長桌邊都安裝這種椅子。她的辦公室也有許多窗戶，感覺既開放又自在，使她對於以前自己居然喜歡又小又暗的地方感到很驚訝。

她來到了長椅的末端，靠近嘰哩嘰哩的毯子窩。芮心放下筆，從旁邊的高腳杯拾起一顆鑽石，輕輕推給嘰哩嘰哩。鑽石閃耀著光芒，引誘著拉金起來大快朵頤其中的颶光。

但嘰哩嘰哩只稍微睜開銀色的眼睛，若有似無地動了一下。幾隻像是扭曲黑色十字的焦慮靈出現在芮心身邊。颶風的，獸醫幫不上什麼忙——他們認爲牠生病了，卻只說可能是這個物種所特有的疾病，而這個物種他們唯一親眼見過的就只有嘰哩嘰哩。

芮心將錢球留在嘰哩嘰哩嘴邊，努力不過度擔憂，接著打起精神繼續她的追獵。她已經向也許能幫助嘰哩嘰哩的人發送了信蘆訊息，在他回覆前，芮心沒有其他能做的事了。她滑過長椅，繼續她的工作。然而，她發覺自己把筆忘在另一邊了。她開始挪動身子想回去拿。

尼柯力馬上離開他的位置，匆忙地替她去拿筆。在她到達前，這名過度熱忱的男人已經準備好將用具遞給她。

芮心嘆了口氣。尼柯力是她最新的搬夫，負責在她有需要時抱她去目的地。他來自於西馬卡巴奇區域的某處，雖然他的賽勒那語說得很好，但在找工作時遇到了很多困難，只因他的臉與雙臂布滿刺青，看起來過於顯眼。

他很認真地想保住工作，雖然她很贊同主動積極的態度……「謝謝你，尼柯力。」她接過筆。「但請先等我求助再行動。」

「喔！」他緊接著鞠躬。「抱歉。」

「沒關係。」她揮手請他回到房間邊上。他這種態度並不罕見。當她向木匠領班描述辦公室的長椅時，最先得到的反應是困惑。「爲什麼？」他問。

啊，如果能夠擺脫「爲什麼」該有多好。

對其他人來說，她的舉動看來令人費解。她是一名商主，有著自己的船隻與商隊，能夠命令僕役替她拿取任何東西。的確，她也不時需要協助。

但她並不是隨時都需要協助。她自己也花了很多力氣才學到這一課，所以並不怪尼柯力犯了這個錯誤。她甩掉些微的不悅，重新專注在工作上，試著再次找回原本那股刺激感。

這將會是她身爲船主的第二趟航行。她在兩週前完成了第一趟航行，那是一趟直來直往的交易，讓她與船員能夠相互熟悉，結果……還可以。喔，獲利上來說很不錯，船員也很感激，她談判而來的交易成果就是他們的生計。

不過對於船長和水手們，芮心還有點不了解，他們和她互動時感覺有點遲疑。也許他們只是比較習慣弗廷而非芮心，因爲她做事的方法和她的巴伯思有些不同。又或者比起這種單純的路線，他們想要的是更吸引人的旅途和更優渥的收穫。

她斟酌著選項，最後鎖定在三件不同的貿易提案上。任何一件都有利可圖，但要選哪一件呢？她沉思了一會兒，接著像弗廷教導她的那樣，將每一筆提案的優缺點都列成表。

最終她揉揉太陽穴，眉毛上的珠寶因而輕敲出聲。她決定休息幾分鐘再下結論。她伸手拿取一張最近才傳來的信蘆通訊，通訊聯絡人是世界各地像她一樣無法移動雙腿的女人們。

和她們談話既令人興奮又充滿活力。她們對她的許多情緒都感同身受，也樂於向她分享學到的各種事項。一名叫作穆菈的亞西爾女人設計了許多有趣的裝置來協助日常生活，展現出無與倫比的創造力：只要把物件都用掛勾掛起來，就能使用勾環來輕鬆取物，還有特製的圓環、纜線以及曲棒讓她能夠自行著衣。

讀著最近的信件，芮心感覺備受鼓勵。她曾感到非常孤立，現在她知道有許多人和她面臨相同的挑戰，即便一般人眼中幾乎看不見這些人。她們的故事讓芮心精力充沛，在她們的建議下，芮心下令改裝了她的船，在船後側上甲板接近船舵處安裝了一張固定的座椅以及遮陽傘；艙房也做了改裝，讓她能更輕易地移動與更衣。

木匠在船靠港時依照她的需求進行了改裝。然而處處都是困惑的目光，還有那個糟糕的提問。

「爲什麼？」

爲什麼不待在後方，讓手下去面對面談判就好？她可以用信蘆來決定最終契約啊。爲什麼她想在甲板上設置座位，而不是待在艙房中安穩度過旅途就好？明明有搬夫能夠抱她移動，爲什麼還要在上甲板裝設滑輪系統讓她能自力上下？

爲什麼、爲什麼、爲什麼？妳爲什麼想活著，芮心？爲什麼妳想改善自己的情況？她掃視著穆菈傳給她的圖畫。這是一名賈・克維德執徒最近設計的一種輪椅。芮心用的是一般常見的種類，也就是在椅子後腳上裝著小輪子。這需要一名搬夫先將座椅後傾，再推她前往想去的地方，就好像她是某種反過來的獨輪推車一樣。這種設計已經使用了好幾個世紀。

但圖上則是另一種新設計。這張椅子有著巨大的輪子，讓她能用手自行移動。她需要委託匠人做一張這樣的。它在船上大概沒什麼用處，而賽勒那城的街道也可能太過崎嶇，又有太多階梯了。但即便只是能夠在家裡的各個房室之間移動，就已經是很大的改變了。

她回信給穆菈，接著回過頭來斟酌她的三條候選路線：運輸魚油、地毯，或是水桶……這三條都太平凡了。她的船，流浪帆號，是建造來做大事的。的確由於戰爭的關係，現今就連單純的旅程都很危險，但她是由業界的箇中翹楚所訓練的，專職於找出沒人能看見的絕佳機會。

尋找需求，弗廷總是這麼教導她。別當一隻藤壺，單純從妳夠得著的地方吸取金錢，芮心。找出尚未被滿足的欲望……

她決定重新開始，卻被外門傳來的微弱敲門聲給打斷。她驚訝地抬起頭，沒有預期會有人來訪。在看到她的認可後，尼柯力走到玄關去應門。

緊接著一名微笑的男子進入她的辦公室，使芮心驚訝到報告都掉在地上了。

這名雷熙男子有著曬成深褐色的肌膚，頭髮綁成兩股長辮垂過肩膀。塔里克（Talik）身穿傳統的雷熙纏布及流蘇外套，胸膛裸露在外。從他們這兩年的聯絡，她知道他一般旅行時都穿著精緻的賽勒那服裝。當他身著傳統服飾時，便是爲了刻意提醒旁人自己的出身地。

看到他讓芮心說不出話來。他住在數千里之外的地方，怎麼會出現在這裡？她啞口無言，思索著該說些什麼。

「啊，妳現在成爲厲害的船主了，」他說。「所以對我這種人就無話可說了？那我就走了……」不過他說話時卻滿臉笑容。

「給我進來坐下。」她挪身移往沒被報告占滿的桌子遠端，揮手要他坐在長桌對面的椅子上。「羅沙啊，你怎麼這麼快就來到這裡的？我三天前才寫訊息給你耶！」

「我們當時已經在亞西米爾了，」他坐下後解釋著。「國王想要和這個達利納・科林見面，還有親眼看看那些燦軍騎士。」

「國王離開了雷魯納？」芮心問。她的下巴都快掉到地上了。

「如今是奇怪的時節，」塔里克說。「夢魘在世上橫行，弗林教徒們團結在同一張旗幟下——而且還是雅烈席卡的旗幟——該是時候了。」

「他們……我們沒有加入雅烈席卡麾下，」她說。「我們是聯合的同盟。讓我來幫你倒些茶。」

她拿起她的抓桿，勾住茶壺把手，將它從桌面遠處拖近。塔里克——明明他們初次見面時是個非常嚴峻的人——快速地跳起身來幫忙，他拿起茶壺倒了兩杯茶。

她很感謝，但也很洩氣。不能走路很惱人，一般人能夠理解那種感覺，但很少人能了解她因爲造成別人的負擔而感到的羞恥，即便她明知自己不必因此而羞愧。雖然她很感激眾人對她的關心，但同時她也很努力讓自己能夠獨立做事。當有人不小心無視了這一點，就會讓她更加難以忽略腦中的謊言。謊言對她說著：因爲她在某些方面失去了能力，所以整個人都毫無價值。

最近她比較好一點了，近來她的周圍已經不會有羞恥靈出現。但她還是想要找到某種理想的方法向其他人解釋，她不是需要被呵護的小孩。

「遠近眾神啊，」塔里克遞給她一杯茶，接著坐下。「眞不敢相信時間過得這麼快。妳第一次來拜訪我們已經是多久……兩年前的事了？而妳發生意外的那時候？感覺還只是幾個月前而已。」

「對我來說像是一輩子了。」芮心啜飮著茶，並將另一隻手伸向嘰哩嘰哩。通常這時候那隻拉金會跳過來聞她的手，但今天牠只是微微動了一下，發出孱弱的叫聲。

「我想我們可以晚點再敘舊，」塔里克說。「我現在能看看牠嗎？」

芮心點頭，放下茶杯挪身過去抱起拉金。嘰哩嘰哩輕拍了幾下翅膀，又安靜下來。芮心抱著牠給塔里克看，他將椅子拉到了長桌這一邊，坐在她身旁。

「我帶牠去找了很多獸醫，」芮心說。「他們都被難倒了。他們全以爲拉金絕種了，或是根本就沒聽過牠們。」

塔里克伸手小心地摸著嘰哩嘰哩的頭頂。「居然長這麼大了……」他輕聲說。「我都沒注意到。」

「這是什麼意思？」芮心問。

「當艾米亞被清滅時，」他解釋。「雷熙巨殼獸神的其中一名成員納阿令德收留了最後的拉金。巨殼獸不像人一樣思考或說話，我們的神行事非常難解，但就我們的理解，牠們之間應該有某種協議，所以會保護這些表親。

「我只看過另外兩隻拉金，牠們都好幾十歲了，但體型都很小，不到人的手掌大。」

「嘰哩嘰哩很愛吃，」芮心說。「真的吃很多，至少之前是這樣……」

「古代拉金可以長得更大。」塔里克說。「在現代，牠們應該要維持小體型才對。躲藏起來，避免再次被人類獵殺。」

「但我該做什麼？」芮心問。「我要怎麼幫助她？」

「三天前，在我們收到妳的信之後，」塔里克說。「我傳訊給還在島上的人，國王的伴侶去覲見了雷魯納。芮心，答案很單純，但很不容易。一點也不容易。」

「那是什麼？」

塔里克直視她的眼睛。「島說：帶她回家。」

「去雷熙群島？我大概能去拜訪一趟。你們是怎麼穿過被占領的區域的？從最東邊繞道？我們……」她停止說話，看著他嚴峻的表情。「喔，牠的『家』，你是指艾米亞。好吧，那也不是不可能，皇家海軍在主島上有設置幾處前哨站。」

「不是艾米亞主島，芮心。」塔里克說。「妳必須帶牠去失落之城阿奇那。」他搖搖頭。「這是趟不可能的旅程，已經好幾世代都沒有人能夠踏上那座島嶼。」

芮心皺眉，一邊摸嘰哩嘰哩一邊思索著。阿奇那。她是不是剛才讀到這個名字？她向塔里克示意，接著放下嘰哩嘰哩，挪身回到她的報告旁。

幾分鐘後，她找到自己想要的東西了。「在這。」她將紙張舉起，讓塔里克能傾身過來閱讀。他並沒有依循弗林教的禁令。其實芮心自己也不算多虔誠，她最近幾天都只戴著手套而已。

兩個月前，賽勒那海軍船艦發現了一艘幽靈船。官方追蹤發現那艘船原先的航程是要前往如神話般的阿奇那城。兀瑞席魯的王后，娜凡妮·科林，發出委託徵求另一艘船，前往艾米亞調查某一塊區域。而在那裡，風暴籠罩著謠傳中阿奇那城的位置。

娜凡妮王后承諾獎賞願意前往的人，但到目前爲止還沒有人接下委託。芮心看向塔里克，他鼓勵地點點頭。

看來，芮心必須去一趟兀瑞席魯了。

第2章

芮心到達兀瑞席魯後，迎接她的是一名擔任嚮導的僕役長，以及四名搬夫。他們是娜凡妮光主派來的使者，代表她知曉芮心會到訪，並且表達歡迎之意。搬夫們帶著一座單人轎，目前放在地上。他們端詳著她的輪椅。

「芮心光主，」尼柯力在輪椅後方出聲。「偏好使用自己的輪椅來行進。」

那是事實沒錯，儘管尼柯力很努力，但他又再次搞錯了。「各位的迎接讓我備感榮幸，」芮心說。「尼柯力，他們對兀瑞席魯比我們熟悉得多，最好還是讓他們來載我。不過如果你能帶著輪椅跟上，以免稍後需要使用，我會很感激。」

「當然，光主。」他聽起來有些羞愧。她討厭這樣糾正別人，但這些人的第一要務就是服侍她。芮心很早就知道，接受對方的好意是交易談判中很重要的一環。

她讓尼柯力將她抱上轎子。一上轎子，她就得努力壓下心中的不安與無力感。每次她像是一袋拉維穀那樣被運來運去，這些情緒就會再度爬出來。

別再自怨自艾了，她用力地想。妳好幾個月前就該停止了。

她坐好後，尼柯力打開嘰哩嘰哩的籃子，讓芮心抱著牠進轎子。即便有時會出點小差錯，尼柯力對於預測她的需求還是做得很不錯的。他們相處得越久，他就越能記住細節。

「謝謝你，尼柯力。」她說。

「光主，如果您需要任何東西，我們就在後頭。」

雅烈席搬夫扛著她走下誓門的坡道，轎子的垂簾是敞開的，讓她能夠端詳周圍的景色。兀瑞席魯——燦軍騎士的雄偉塔城——前方有著十座平台，每一座都藉由誓門連接到世界上的某一座城市。但塔城本身才是眞正的奇觀：十重建築與山峰融爲一體，尖端直指太陽。據說它總共有接近兩百層。下層是怎麼不被重量壓垮的？

有趣的是，這座城市不光只有古代的奇觀。芮心一直留意著弗廷告訴過她的雅烈席卡祕密計畫。當她被抬著經過連接十座誓門坡道的平台時，她看見了她在找的東西。平台兩邊都是高聳的峭壁，有許多工程師正在安裝兩座巨大的木製平台。

官方說法宣稱這是大型電梯。藉由娜凡妮·科林新設計的結合型法器，當一個平台下降時，另一邊就會上升。芮心的巴伯思現在是賽勒那的貿易大臣，她曾聽過這些平台非常有趣的眞正用途。

如果她聽到的是眞的……如果那些法器眞的能像娜凡妮·科林王后所聲稱的那樣運作……

嘰哩嘰哩在芮心懷中蠕動，接著將自己流線型的甲殼頭部伸出窗外，發出好奇的敲擊聲。

「妳對這感興趣？」芮心充滿希望地說。

嘰哩嘰哩輕啼。

「塔城裡面有很多很多法器，」芮心叮嚀。「如果妳又像上一次一樣開始亂吃，我就得把妳關起來，先警告妳喔。」

芮心不確定嘰哩嘰哩聽不聽得懂，這隻小生物感覺上能夠理解芮心的音調，有時候也能做出恰當的回應，但得端看牠當時多調皮。今天牠只是又縮回來繼續睡覺，太無精打采了。芮心的心都要碎了。

爲了轉移注意力，芮心將嘰哩嘰哩放在枕頭上，接著記下她在兀瑞席魯看到的事物。大部分的情況都和她上次到訪時相同，擁擠的走廊上混雜著各種不同民族的人。她的僕役嚮導在前進時介紹著建築的構造，直到他們抵達塔城的中庭；這裡有著巨大的玻璃窗，展示著外頭冰凍的荒地。芮心不禁思索起這個地方將帶來的影響，新王國的建立並不是每天都看得到的，更不要說是建立在燦軍騎士的傳說之城中了。

她的轎子小到能夠在走道間穿梭，所以也能和她的搬夫一起登上中庭裡其中一架神奇的升降器。她一下子就上升了數十層樓，到達頂端，芮心的搬夫帶她來到了娜凡妮．科林——最近才被加冕爲兀瑞席魯王后——舉行會議的小房間。她是一位很有威嚴的女士，有著典型的雅烈席高䠷個子，黑灰髮編成辮，精巧地纏在頭頂，其上交織著閃耀的藍寶石。

芮心大部分的同業在談判時總是想著「我能夠從其中得到什麼？」而芮心在受訓初期就已經破除了這個迷思。她的巴伯思教導了她另一種看待世界的方法，訓練她改問：「我能夠滿足什麼需求？」

這才是貿易的眞正目的：找出相互配合的需求，在其中搭建橋樑，讓所有人都能獲益。要成爲一名成功的商人，重點不是你能從人們身上得到多少，而是你能提供他們多少。

所有人都有需求，就連王后也一樣。

搬夫們放下芮心，她將嘰哩嘰哩留在轎子裡，讓尼柯力抱她到娜凡妮書桌前的椅子上。即便她的輪椅好好地收在房間後面，但在這種情況下，她比較偏好使用對方提供的座椅。

搬夫與嚮導退下，尼柯力則是留在房門旁準備隨時滿足她的需要。一名年輕的女性站在另一張書桌旁負責會議紀錄，還有兩名守衛在門口站崗。除去他們之外，芮心基本上是獨自承受著這名尊貴女士的注視。

幸好芮心基本上已經擺脫了她的不安全感，不然這個情況就不只是有點恐怖，而是非常恐怖了。娜凡妮打量著芮心，有如芮心是一張船艦設計圖，那充滿辨別力的眼神好似看透了她的靈魂。

「所以……」王后用賽勒那語發話。「再說一次妳是哪位？」

「光主，」芮心說。「呃，我是芮心・弗托力，巴弗廷。我前來回應您的委託。」

「喔，對，」娜凡妮說。「那艘幽靈船。」娜凡妮伸出手，她的助理快步靠近，遞給她相應的筆記。王后站起身，一邊讀著筆記一邊踱步，芮心在一旁等待著。

終於，王后停下腳步，專注在房間角落的輪椅上，接著她拉過椅子，坐在芮心面前。雖然這只是個小動作，但芮心相當感激。芮心並不在意別人在自己身旁站著，但娜凡妮特意坐下，讓她們能四目相交談話，展現出她體貼的一面。

「芬恩女王說妳已親自檢查過那艘船了？」娜凡妮說。

「是的，光主。」芮心說。「在決定接受您的委託後，我昨天去看了那艘船。它已經進港好幾週，目前正在進行維修。我繞了一圈，看看是否能找出任何疑點。」

娜凡妮的目光瞥向輪椅。

「我的搬夫抱著我，光主，」芮心說。「我可以保證我的行動力不受限制。」

「妳知道，」娜凡妮說。「我們有一些燦軍專精於一種叫作重生的……」

「我的傷太舊了，沒辦法被治癒，光主。」芮心的腸胃隨著言語翻攪著。「我一聽說他們的能力，就立刻去嘗試接受治療了。」

「當然，」娜凡妮說。「我很抱歉。」

「您不必因爲試著提供協助而道歉，光主。」芮心說。事實上，我很高興妳注意到這點。因爲妳說不定可以在別的方面幫助我。但談判的時機還沒到。

芮心有需求，好幾項。但最好找出娜凡妮的需求與原因，接著再來跳這支舞。

「殿下，如果我們能回到主題上……」

「對，」娜凡妮說。「這艘船。眞令人好奇。妳檢查時有發現任何有趣的事嗎？」

「讓船漂流的人想要鑿沉這艘船，」芮心說。「卻不知道光是在船殼上打一、兩個洞是沒辦法讓現代的賽勒那船沉沒的。這很明顯是惡意行爲，光主。航海日誌也被拿走了。」

「甲板上有血跡嗎？」娜凡妮問。

「至少我們沒找到，光主。」

「那……失蹤的魂師呢？」娜凡妮問。

芮心才剛獲知這項資訊：這艘名為始夢號的幽靈船，乘客之中有一名擅離職守的魂師。那個女人不是燦軍，但她能使用一件古代的裝置將一種物質變成另一種。

「我們沒找到魂師，」芮心說。「不論是女人或裝置都一樣。可能有人得知了船上載著這名逃犯，所以攻擊船隻、殺害船員，然後奪走魂師。」

那種裝置非常稀有，而且無比強大。大多數國家持有的魂師數量用一隻手就數得出來，不然就是連一具都沒有。賽勒那人普遍認為雅烈席卡之所以如此善戰，並不是因為他們的部隊精良，而是因為他們有許多魂師能夠餵飽部隊。

不過這不是能對盟友說的話。尤其是雙方現在正聯合起來大規模抵抗來自虛無的遠古怪物。

「是的……有可能。」娜凡妮說著把筆記捲起來，輕拍另一隻手。「我聯絡了利亞佛的王子，他說那個女人認為艾米亞是魂師的遠古發源地，因此可能藏著治療她症狀的方法。再者，那艘船的船長——一位叫作伐哲梅的男人——癡迷於有關艾米亞的失落之都，阿奇那城的寶藏傳說。」

有趣。這比弗廷所知道的資訊還多，王后看來就和傳聞一樣消息非常靈通。

「艾米亞是一片荒地，」芮心謹愼地說。「那裡已經被徹底探查過了，更別說還有好幾百名雙眼發光的船長嘗試過找出島上的神祕寶藏，但所有人都空手而歸。」

「主島是這樣沒錯，」娜凡妮說。「不過周邊的其他小島又如何？或是被風暴與謎團包圍的隱藏島嶼？」

「祕密之岩，」芮心說。「神祕的阿奇那。有人說那只是傳說。」

「曾經也有人這麼說過兀瑞席魯。」娜凡妮說。「有些學者認爲他們在別處發現的遺跡就是阿奇那的殘跡，但證據全都不足。我們的逐風師回報在海上的特定區域有奇怪的天氣型態，恰巧就在幽靈船失聯前的預計航線上。

「我很確定阿奇那就藏在那片奇異的天氣裡。不論如何，我們都必須去調查。我丈夫擔心敵人的要塞會隱藏於那陣怪風之內。」

「你們的逐風師有回報？」芮心說。「那……爲什麼不叫他們飛進去調查？」這是這項委託裡最讓人困惑的部分，讓她必須親自來兀瑞席魯釐清。爲何燦軍騎士需要普通帆船的協助？

「那座島上有……某種東西，」娜凡妮說。「某種能夠讓燦軍能力無效的東西。我的士兵回報看見成群的微小黑影在雲中穿梭，而且傳說中艾米亞有著以颶光為食的生物。」

芮心反射性地瞥向轎子與其內的嘰哩嘰哩。娜凡妮看著芮心，態度冷靜，嘴唇微微勾向一邊。她知道。好吧，她當然會知道。芮心並沒有刻意把嘰哩嘰哩藏起來，就算她想，那隻小拉金也不會讓她如願的。

「我可以看看那隻動物嗎？」娜凡妮問。「我保證不會將牠帶離妳身邊。」

芮心早就知道這次對話會很難以駕馭。談判時，你沒辦法總是處於優勢。

她揮手請尼柯力抱出嘰哩嘰哩，將牠帶過來。

經過了這幾個月，芮心已開始眞正了解颶光對法器與燦軍來說是多麼具備戰略意義的重要資源。此外，敵人也有被稱為「煉魔」的怪物，會使用屬於虛無的光。而嘰哩嘰哩兩種光都一樣愛吃。

她單純當成寵物的這隻奇妙動物，是否遠比她想像中來得更危險、更重要？芮心接過嘰哩嘰哩，牠起身張開翅膀。牠是隻犀利的迷你怪獸，即便現在甲殼蒼白，依舊有如巨殼獸般雄偉。的確，嘰哩嘰哩看起來比之前來得更有活力了。也許牠感覺好點了？

娜凡妮彎下腰，幾個像是藍色菸圈的讚嘆靈浮現在她周圍。「牠眞是美麗，」她低聲說。「還有牠眞的能……」

嘰哩嘰哩就像要做出回應似地喀喀叫，翅膀快速震動著飛到半空中。牠飛過房間，抓住牆壁上的掛燈。芮心抬手捂住臉，嘰哩嘰哩連羞恥地叫一聲也沒有，就開始吸取掛燈中的颶光，讓房間明顯暗了下來。

「我很抱歉，光主，」芮心說。「我們還在努力訓練牠不要亂吃室內的光源。牠最近不太舒服，所以有點故態復萌了。」

娜凡妮只是睜大眼睛盯著，拿出幾個鑽石夾幣撒在她的書桌上。還好嘰哩嘰哩覺得這些比較容易得手，因此降落在桌上開始汲取其中的光，吃光幾顆錢球後，又咬起一顆開始玩耍。牠讓球滾走，在它掉下桌前跳過去用嘴接住。

「就是這樣嗎？」娜凡妮低聲說。「這就是爲什麼賽勒那法器師可以精準調整法器中的颶光量？你們國家祕密地藏著好幾十隻這種動物嗎？」

「什麼？」芮心說。「並沒有，光主。我是在雷熙群島進行貿易時獲贈嘰哩嘰哩的。牠是我唯一看過的一隻。雖然牠很奇異，但並不是某種祕密武器。」

「我還是很想擁有能好好研究牠們的機會。」娜凡妮說。

芮心反射性地向嘰哩嘰哩伸手，準備抱起牠，又隨即停下動作，但還是被王后注意到了。王后並沒有再次重複不會搶走嘰哩嘰哩的承諾，但她也不需要。芮心信任她。娜凡妮・科林並不是小偷。雖然她確實是通常想要什麼，就能得到什麼。

眞希望有什麼其他方法能滿足那個需求。

「我的筆記說妳有艘非凡的船隻。」娜凡妮說。「圍繞在阿奇那周邊的風暴十分強烈，並且永不止息。妳認爲妳的船能夠穿越嗎？」

「如果有任何船能夠辦到，」芮心說。「那一定非流浪帆號莫屬。我們有法器幫浦以及最新的風暴穩定儀。但您的資訊讓我有些擔憂，連燦軍都不敢接近的地方？我必須以船員的人身安全爲重。」

「我了解。」娜凡妮說。「但我不能冒著風險只派逐風師前往。爲了防止他們在飛行中被吸乾颶光、落入海中溺死，因此我需要一艘船。我想妳的女王也一樣會支持這項任務。」

「我們希望能將風險最小化。我只需要妳帶著我的一名書記前往目的地，穿過風暴，接著讓她調查當地。進行調查與文物蒐集所需要的時間應該不會超過一天，在那之後你們就可以返航。我會確保你們在出發前準備周全，並且於返航後獲得相應的報酬。」

娜凡妮遞給她一張紙，上面寫著優渥的金額。芮心沒錯過字句中也有尋獲津貼，也就是傳統上船員找到任何有價值的東西後會得到的額外報酬。不過就算沒有這一項，基本的金額也夠讓她興奮的了。如果她不得已要自力前往阿奇那，就必須在沿途安排許多貿易點，靠交易貨物的利潤來維持船隻與船員的營運。但在有人資助的狀況下，他們可以直接航向目的地。

她一直都想進行這樣的冒險。在接受她的巴伯思訓練時，她總是不斷抱怨他拖著她在全羅沙到處跑。她以爲身爲學徒能夠見到富有的客戶或是在宮廷裡交易絲綢，但她反而去了各種沒人想花力氣造訪的窮鄉僻壤。

她的巴伯思在聽她抱怨了一天後，沒有把她從甲板上丟下海還眞是個奇蹟，更別說她還連續抱怨了好幾百天。現在年紀漸長之後，她發現自己由衷想念那些旅程。去全新的地點？前往神話中的小島尋找貿易機會？途中還有機會治好嘰哩嘰哩？她對此滿心期待。

不過，還是有些問題待解。

「光主，」芮心說。「我的船員都很優秀，經驗老到，造訪過世界各地，但您必須要了解，水手有時候很迷信。我們現在討論的是航向一座禁忌之島，而不久前才發現來自那裡的幽靈船……嗯，我已經花了一整天想著該怎麼說服他們。這看起來很不妙。」

「我可以派一、兩名燦軍隨行來提振士氣。」娜凡妮說。

「那會很有幫助。」芮心說。「另外，可以麻煩您請求芬恩女王一件事嗎？您剛才說過她也會希望這項任務成功。對我的水手來說，由女王親自下達的命令肯定意義重大，那會讓這趟旅程的本質從單純的工作轉變爲皇家任務。」

此外，這也有助於芮心在船上的權威。她不該需要幫助的，但前一次航程感受過奇妙的對待後……有女王命令在背後撐腰還是比較好。

「沒問題。」娜凡妮說。「芬恩女王和我討論類似這樣的遠征已經有一段時間了，我很確定她會願意寫封信給妳的水手。」娜凡妮瞇起眼睛。「但對妳個人來說又如何呢，船主？我提議的是一趟困難的旅程，那麼我提出的回報是否足夠？對一名有著自己的船，又養著神獸當寵物的女人，我能做些什麼？」

芮心瞥向嘰哩嘰哩，牠已經玩膩了，不再嚼著錢球，轉而拍打著它。牠注意到芮心，接著起身飛進轎子休息去了。

需求。還有聯繫。

「我必須誠實以對，光主。」芮心說。「嘰哩嘰哩……狀況不太好。我相信這趟任務能夠幫助她，所以我才會這麼急切地接下來。我不需要特殊的報酬。然而，如果您願意聽聽看，我想向您請求一件事。」

「說吧，不用顧慮。」娜凡妮說。

嘰哩嘰哩飛行的樣子……像那樣不受束縛、自由自在會是什麼感覺？「聽說您設計了可以升往半空中的平台，這是眞的嗎？」芮心問。

「是的，」娜凡妮說。「在戰場上，我們把它做爲弓箭手的駐站。」

「但您正在嘗試更進一步，對吧？例如那些對外宣稱是電梯的構造？」

「我已經向芬恩女王分享了我的計畫，」娜凡妮說。「我不確定妳還想要我……」

王后停止說話，也許是發現芮心已將目光從嘰哩嘰哩移向另一樣物品：她的輪椅。

輪椅給了芮心某種程度的自由，但還是需要有人推著她。她很期待能取得有大輪子的新輪椅，讓她能移動自己。即便那個新設計很棒，卻還是太笨重了。況且，現在大部分的道路與建築都不是設計給坐輪椅的人通行，就算她能以自身之力移動，能去的地方還是會嚴重受限。

有沒有方法能讓她飛起來？也許不像嘰哩嘰哩飛得那麼好，但無論如何都不會比輪椅來得差。輪椅是她自由的來源，卻也隨時提醒她，這世界對她這樣的人並不友善。

「我有些學者正在開發幾項妳可能會感興趣的原型，」娜凡妮說。「反正我要爲這項任務派出書記，可以安排一名熟悉新型法器設計的人選。她能在船上替我進行幾項實驗，也許能夠同時向妳展示這項技術可以做什麼。」

「我同意這個方案，光主。」芮心說。「您的其他條件也都很慷慨，我欣然接受。我們的交易成立，流浪帆號任您差遣。」

第3章

獨一無二的洛奔（The Lopen）從來不知道世界上有這麼多種人。

喔，他是想過會有很多種啦，但沒想到有這麼多。在兀瑞席魯，你全都看得到。他們穿的衣服啦、說話的方式啦、吃的食物啦。他今天飛越一群來自使丁的男人，他們的鬍子上纏著繩索，就像是條長長的香腸。來自塔西克的女人身穿著多彩繽紛的裹布；從新那坦南來的商人有著藍色的皮膚，好像血管裡流著藍寶石。

全都不一樣。他心想，沒錯，人就跟山一樣。當你遠遠看的時候，每座山都長得一模一樣，飛在高空快速地越過它們，根本就沒時間觀察細節。尖尖的。上面蓋著雪。就是山。沒啥好講的。

但飛靠近點，就會發現每座山都有著獨特的稜線以及裸露的岩石。他還在幾座山上發現過花朵呢，是因爲附近的山谷有暖空氣升上來的關係。人的問題就在於大家都從遠處看著其他國家的人，把他們當成一堆模糊的山。外國人。怪裡怪氣的。沒啥好講的。

但只要靠近點，就很難這樣看待別人了。每個人都如此獨特。每個人都應該在名字前面加上「獨一無二」。他只是第一個發現的人而已。

他的靈，鹿艾，從前方一條側廊衝出，興奮地轉了個圈。看來他已經找到洛奔今天要會面的雷熙人了。太棒了！洛奔加快他的捆術，從走廊中人們的頭頂數呎高處飛過，有些人被嚇得縮頭。他其實是在幫這些人的忙，他們理當要習慣逐風師從自己頭上飛過才對。不然他們要他怎麼辦？走路嗎？

鹿艾變形成他最喜愛的形狀之一——一隻有著大翅膀的蜀螺——在洛奔身旁一起飛行。在下個交叉口，鹿艾領著他往左。他們來到了中庭，這裡是一處看似沒有屋頂的開放空間，只有好幾十層的陽台以及一整面落地窗。

洛奔終於找到他的雷熙訪客了。颶風的！他們怎麼在這麼短的時間內跑到這麼裡面的？「幹得好，仔仔。」他告訴鹿艾，接著將自己向下捆，降落在來訪者附近。

他大步走向他們，雙手向前伸。「你們好！我是洛奔，逐風師，詩人，也是你們謙遜的僕役！你一定就是拉爾那國王！」

有人提醒他國王是穿袍子的那一個。他是個矮小的男子，頭髮漸灰，不過敞開的袍子露出了緊實的胸肌，一群穿著裹布、手持長槍的凶狠男子環繞著他。

「我是國王的發言人。」其中一名男子用流利的雅烈席語發話。他有著高個子、頭髮留成兩股辮子。「你可以叫我塔里克。」

「沒問題，塔里克！」洛奔說。「你喜歡飛嗎？」

「我不會飛，」塔里克說。「你就是應該要……」

「我們，」洛奔說。「可以晚點再聊。」他抓住塔里克的手臂，對他灌注颶光。他向其他人揮揮手，接著兩人一起飛向高空中。

他們沿著窗戶向上飛，掠過一層又一層樓。洛奔緊緊抓著對方。這個塔里克是個重要官員，可不能讓他摔下去了。淡黃色三角形的驚愕靈圍繞著塔里克。看來他應該滿享受的。

「那個啊，我聽說你們住在海裡的大螃蟹背上，對吧？」洛奔在他們飛行時說。「眞的很大隻那種，比一座城還要大的螃蟹。我有一個表親，他發誓他有一隻跟螺配種過的螃蟹。我是覺得不可能啦，不過牠有到我膝蓋這麼高耶，那眞的是隻超大的螃蟹，但我們可沒辦法在牠背後蓋房子。眞是太扯了，威哥。你們眞是值得尊敬，住在大螃蟹上面。誰會住在螃蟹上啊？一般人才不會，只有你們這些人。」

洛奔在接近頂端時慢下來，他們終於抵達了中庭的盡頭，這裡至少有一千呎高。這邊窗外的景色最棒了，一整片白雪靄靄的山峰。從這上面，洛奔就能欣賞它們都長得一樣。確實，他也不該忘記它們其實都不相同，但從遠處看也是另一種看法，跟接近看不一樣。

靠近的時候，差異會造成摩擦。但如果你能記得從遠處看時大家都一樣……那也是很重要的。

「這算什麼？」塔里克質問。「你想要嚇唬我嗎？」

「嚇唬你？」洛奔望向鹿艾。他長出了六條手臂，每一隻都用力拍向額頭表達這主意有多笨。「威哥，」洛奔對塔里克說。「你們可是住在超大螃蟹的背上，我還以爲你們喜歡高處呢。」

「我不怕高。」塔里克雙手抱胸說。

「那很好啊。你看，景色很不錯，對吧？你沒看過這種景色，對吧？我知道雷熙海——我有一個表親住在海岸邊，我有聽他說過那邊有多熱，從來不會下雪。」

他們懸在半空中，塔里克打量著他。男人接著轉身看向窗外，掃視美麗的山景。「這……的確是挺壯觀的。」

「看吧？」洛奔說。「我告訴卡拉丁：『我要帶那些雷熙人飛得高高的。』。然後卡拉丁說：『我不認爲那是好——』但我沒讓他講完，因爲他又要開始碎唸了，所以我說：『不，交給我吧，大佬。他們會愛死的。』然後你的確愛死了。」

「我……不確定該對你做何感想。」塔里克承認。

「不，威哥，你知道的。我就是獨一無二的洛奔。」他指向自己。鹿艾現身讓塔里克看見，也用他的六隻手臂指向洛奔，接著又多長出來兩隻來加強效果。「你覺得如何？我該帶你們的國王飛上來嗎？我曾經是國王呢，但只當了大概幾小時，所以我其實不知道國王喜歡什麼。」

「你……曾經是國王？」

「當了兩小時，」洛奔說。「說來話長。不過那時候我的手臂才剛長出來，所以它在有段時間內只當過國王的手臂，從沒當過非國王身分的手臂。真奇怪，對吧？」

塔里克往下看，然後動動自己的腳。「要多久……」

「喔，你很安全。」洛奔說。「如果你開始往下掉，要很久才會著地，我會在那之前接住你。」

「這話讓人沒什麼信心……」塔里克深吸一口氣，衡量起洛奔。「一般而言，我會預設帶我上來的人是想在交涉前擾亂我的思緒。但你……真的不是想那麼做，是不是？」

「如果你想，我們可以下去。」洛奔說。「我只是想……我是說，你喜歡這裡，對吧？」

「是的，」塔里克微笑。「我承認，看到燦軍騎士中有賀達熙人令我感到鼓舞。我在你們國家住過幾年，逐風師。讓我這樣問你，你覺得他們眞的關心我們嗎？那些雅烈席人、費德人，還有亞西須人？好幾世紀以來，他們忽略住在島嶼上的我們。現在處於戰爭之中，他們卻突然寫信來要求和我們的國王會面？

「我們是驕傲的人民，獨一無二的洛奔，但我們人口稀少，無足輕重。外界只注意到我們的奇異之處，或是想要剝削我們。我在賽勒那受訓過，很清楚我們在外的名聲爲何。我也知道在歷史上，他們用同樣的方法對待過你們。那麼你能不能告訴我，爲何羅沙上最強大的國王們突然開始對我們感興趣了？」

「喔，那個啊。」洛奔說。「對啊，他們在想也許敵人會從海路運送部隊，入侵賈·克維德東部。所以，達利納和加絲娜覺得最好能夠拉攏你們到這邊來。」

「所以純粹是政治決定。」塔里克說。

「純粹？」洛奔聳聳肩，鹿艾也跟進。「他們想要做好事，威哥。但你知道的，他們是雅烈席人，征服其他人基本上就是他們的文化遺產。他們需要時間才能學會從其他角度看事情——但他們正在傾聽。我跟他們解釋雷熙群島和賀達熙這麼靠近，我們基本上就是表親，所以他們同意派我來和你們談話。」

塔里克點點頭。

「我是其中一個叫他們去接觸你們的人，」洛奔說。「你看嘛，我們有很多——賀達熙、雷熙、賽勒那某種程度也算——都只是小地方。但全世界都被入侵了，可不僅限於大地方而已，而且所有小地方的人加起來也是很多的，威哥。這就是爲什麼我想先和你談談，請你聽聽雅烈席人想說的話。」

「我會向國王進言，請他接受你的建議，獨一無二的洛奔，」塔里克說著伸出手。「我欣賞你的眞誠。我並沒有預期在這座城中會受到這樣的接待。」

洛奔抓住他的手。

「在你帶我下去前，」塔里克說。「我有個……有點微妙的問題要問你。我的國王，也是我的雙親之一，最近身體有一些不尋常的變化。他在某些方面有了劇烈的轉變，導致現在的樣子與他出生時截然不同。我們一開始以爲這是來自於我們的神的恩惠，但現在知道這個轉變與他遇見的靈有關。這也就是爲什麼他會同意進行這趟長途訪問的原因。」

「你的國王是燦軍！」洛奔說。「是哪一種？」

「他似乎可以讓空氣燃燒，」塔里克說。「而且能看見一個靈，它能在物體內部燒灼出類似樹木的奇妙圖案。」

「招塵師，」洛奔說。「我們一直希望能找到更多成員。你看嘛，這樣很棒啊。但先不要跟我們現有的招塵師說話，好嗎？這很複雜，我們希望你們能夠走出自己的路，不受別人的影響。」

「我不是很明白。」

「我也不明白，」洛奔說。「請你的國王跟達利納談談，好嗎？但不要告訴其他人。這是政治問題。討人厭的那一種。」

「難道還有別種嗎？」

洛奔微笑。「我喜歡你，威哥。」他抓著塔里克飛向地面——塔里克的好幾個朋友正在那裡與達利納的士兵大聲爭執中。他們生氣地指向上空，身邊滿是一池池的怒靈。可憐的傢伙們，大概是因爲他們沒得飛所以很傷心吧。

卡拉丁已經到了，所以洛奔拖著塔里克過去給他看。「這是我的表親塔里克，」洛奔手指著他說。「他是國王的兒子。好好對他喔，大佬。」

「我會盡力，」卡拉丁乾乾地說。「我希望洛奔的塔城導覽提供了有用的資訊。」

「導覽……？」塔里克瞥向正偷偷比手畫腳叫他安靜的洛奔。這不是洛奔的錯，誰叫卡拉丁午餐吃太久，來不及在雷熙人到達時接待他們。都要怪可絨（Cord）的廚藝太好。「沒錯……」塔里克接著說。「的確是很有用。」

「太好了，」卡拉丁說。「我替你們的國王安排了與塔城的領導者，達利納・科林與娜凡妮・科林的會面。不過我們最好先處理那邊發生的狀況……」他指向正在爭執的雷熙國王士兵們。塔里克趕上前去安撫他們，而卡拉丁仍然留在洛奔身邊。

「輝歐（Huio）在哪？」卡拉丁問。

「他在忙，所以我自己來了。」

卡拉丁給了他一個意味深長的眼神。輝歐和洛奔說服他由賀達熙人去接待雷熙人的效果最好，結果的確也沒錯。所以他怎麼還有意見？

「我本來是打算，」卡拉丁說。「靠輝歐來拉著你一點，洛奔。你沒做任何傻事吧？你在帶他飛那麼高之前至少有問過吧？」

「嗯……」

「洛奔，」卡拉丁柔聲說。「你必須開始多加考慮自己的言行了。拜託。謹慎一點。」

「我會的，」洛奔快速答應。「你看嘛，一切都很順利，大佬！這個塔里克小子，他人不錯，好好照顧他。這些雷熙人有個你會感興趣的祕密，如果你人夠好，他們可能就會告訴你喔。」

「什麼？爲什麼你不告訴我？」

「沒辦法，大佬，」洛奔說。「他們要我保守祕密。」

「洛奔，」卡拉丁配上他那種「全世界最痛苦的隊長」式嘆氣。「我們特別派你來的目的就是要刺探這群人。」

「是啊，我也做了。只是我不能背叛他們的祕密。他們是我的表親耶，大佬。」

「他們才不是你的表親。」

「賀達熙就在雷熙旁邊，所以我們是表親。」

「雅烈席卡也在賀達熙旁邊，」卡拉丁說。「所以我跟那些人一樣也算是你的表親？」

洛奔輕拍他的肩膀，眨眨眼。「你終於搞懂了，大佬，幹得不錯。」

「好吧，我們離題了。我想請你做一件事。王后需要我派一些逐風師參加一項任務……」

「喔！」洛奔說。「選我。我想去。」

「你連任務是什麼都還不知道，洛奔。」

「我還是要自願，」洛奔說。「聽起來是特別任務。」

「我們要派另一隊人前往阿奇那。」

「雷頓掉進海裡的地方？」有東西吸乾了他的颶光，琳恩和席格吉差點沒救起他。

「同一個地方。」卡拉丁說。「我們目前沒有太多資源，但娜凡妮很確信那個島上藏著什麼重要的東西，所以我們要派出船隻去執行偵查任務。以防萬一，我提議最好派個會游泳的逐風師，那代表就是你和輝歐。」

「選我！」

「我就是選了你。」

「我知道，那是替你還沒決定前的時候補講的。」

「娜凡妮還會派一名書記，」卡拉丁繼續說。「你應該多聽她的建議。另外，我在想派大石去可能不錯，他是橋四隊中剩下唯一會游泳的人，而且雷頓的報告說他在雲中看見了奇怪的靈。如果有隱形的虛靈在，有他負責偵查比較讓人安心。」

「大石不會去的，」洛奔說。「下週是他和他老婆的周年紀念日。不過我們可以帶可絨去，她也看得見靈，而且她想多見見世面。更何況，鹿艾喜歡她。」

卡拉丁瞥向那名榮譽靈，他正變形成一隻成年野斧犬的樣子，在一旁蹦蹦跳跳的。「洛奔，我很擔心這項任務，有哪裡感覺不對勁，我該親自去的，但是……」

洛奔很能理解。卡拉丁已經同時參與了南雅烈席卡與亞西爾的戰事。他也安排巡邏隊從上空護衛聯軍的艦隊，而且還負責監督塔城內的訓練。逐風師的人數正在不斷上升，現在許多原本的隊員都開始有自己的侍從了。

對一個人來說，要追蹤的事情實在太多了。他們早就超過了那個卡拉丁能親自監督每個團隊的階段了。但放手對他來說似乎是要撕心裂肺一樣。

「嘿，大佬，」洛奔的手搭在卡拉丁肩上。「我會確保所有人都平安回來的，好嗎？你不用擔心。」

「也要確保你自己能平安回來。」卡拉丁說。「去問問輝歐和可絨的意願，接著向露舒（Rushu）報到，她就是你們會同行的執徒。她那裡有這項任務的機密細節，我不想在公開場合討論。之後，整隊人將使用誓門前往賽勒那城，明天上午到港口報到。萬事小心。」

「大佬，我隨時都很小心。」

「是嗎？」

「當然，」他指向自己。「怎樣？你覺得這個能不小心就得到嗎？」他微笑，揮手叫來鹿艾，接著去找輝歐炫耀自己被賦予一項特別任務——然後直到最後一刻才會跟輝歐坦白，其實他也要一起去。

第4章

芮心曾被警告過，不要把賽勒那的海事傳統與規定搞混了。規定畢竟都是白紙黑字，那代表要更改它們實在容易得太多、太多了。尼柯力與他的助手將她搬上流浪帆號時，她思索著這一點。這是她的船，但也不是她的船，兩者同時成立。

這是艘了不起的船艦，全帆裝，使用輕巧又堅硬的魂術木材建造以追求速度，其上有裝填火罐的弩炮用來引燃敵方船隻，在面對同樣威脅時也能快速地撤帆改為划槳行進。在戰鬥中令人畏懼，在貿易時靈活自如。芮心內心有一部分還是無法相信自己擁有這艘船。

但她確實擁有。芮心就是船主，雖然賽勒那商船的持有權有些複雜，對她來說亦師亦友的弗廷請人建造了這艘船，但同時也接受了數名投資人的資助。他現在是貿易大臣了，因此將船送給她——所有權轉移了，但主要投資人依舊沒變。

一大部分的獲利會交給投資人，弗廷及他的繼承人也是其中之一。不過他將所有權狀交給了她，另外還有象徵性的船長索，讓她能掛上自己的代表色。這就是狹義上的所有權，不會有任何人質疑。

但她從來沒眞正碰過船的舵輪。她還沒天眞到認爲自己能夠親自駕船。只是當他們還一同旅行的時候，弗廷通常會在航程開頭親自掌舵一小段時間。那只是象徵性的儀式，但他總是看似樂在其中。

在上個月的初次航行，芮心詢問過是否能得到相同待遇。她並不知道她的巴伯思是在盡心照顧他的船員好幾年後才贏得這項特權，船長清楚地對芮心解釋其中的差異，緊接著禁止她提出同樣的問題，直到永遠。

芮心能指定船的目的地，但她不能操縱它，這是她永遠無法理解的差異。這也代表不管文件上怎麼說，這艘船都不是芮心的。她擁有它，但以海事傳統來看，船並不屬於她。

傳統。比魂術木材更加堅硬。如果能找到方法用傳統來造船，那就再也不必害怕風浪了。

船長德宛是個矮小的女性，有著尖鼻與不常見的金髮。芮心直到最近才知道在其他國家的海軍裡，有女性軍官是很奇怪的事情。賽勒那海軍雖然大部分水手都是男性，接受過操作弩炮與擊退登船者的訓練，然而由女性擔任艦長卻是很常見的，傳統上軍需官與領航員也都是女性。

在流浪帆號上，其雷德負責指揮士兵，他是船上的武裝長，也是船長的兄弟。船長與武裝長在芮心被搬上甲板時向她正式鞠躬行禮。尼柯力與他的助手推著她的輪椅來到她的座位：一張固定在甲板上的高背椅，其上有遮陽傘。座位離舵輪有段距離，但能讓她清楚看見主甲板與海上的景象。

「有什麼想法嗎？」她問尼柯力。

「看起來很棒，光主。」他搓揉著下巴。「您可能會想要在旁邊加張桌子——或者最好是抽屜可以扣上的平桌。」

「這主意很好。」她說。

「如果您想要的話，我們可以把您艙房裡的其中一個床頭櫃移出來，」他說。「應該只需要基本木工就可以完成，我們安裝的時候會盡量不打擾您。」

她點頭以示感謝，接著請他將她從輪椅上移動到她的新座位，這附近另外有一處可以固定輪椅的地方，她的座位上也有條腰帶能夠固定住她。在滾滾海浪中，有額外的固定總是比較好。在她的要求下，這張椅子還有綁腿，能在海象惡劣時固定住她的腿，不過平常航行時她並不打算使用。

她綁好腰帶，尼柯力則收好輪椅。這名壯碩的搬夫沒說話，只是看著船長走過來。他顯然對芮心在船上受到的對待很不滿意，但並沒有針對這點多說什麼。

「瑞伯思，」船長以芮心的正式稱號稱呼她。這代表「船主」或是「所有權人」

的意思。「我正式歡迎您登船。」

「謝謝妳。」芮心說。

「現在，我要建議您留在港口就好，」德宛說。「這項任務並不需要您。」

芮心感到一股挫敗感在心中爆發出來。「船長，妳爲什麼這麼想呢？」

「您的工作是負責交易談判，」德宛說。「這趟航程是偵察任務，並無此需要，而且可能會很危險，因此您留在安全的港口比較明智。我們可以藉由信蘆將見聞轉達給您。」

「感謝妳對我的安危如此關心。」芮心努力控制自己的聲音。「但是我被交付了這項任務，就會親自確保任務達成。」

「好的。」船長說完便轉身回到自己的崗位。傳統上她並不需要芮心的允許就能離開。她也從來沒等過芮心下達允許。

尼柯力靠過來，將正在打瞌睡的嘰哩嘰哩交給她。「我覺得船長根本不在乎您的安危，光主。」他小聲說。「她只是單純不喜歡您。」

「我同意。」芮心心不在焉地搔著嘰哩嘰哩脖子底下，一邊看著船長與武裝長談話。

「您覺得是因爲您的……狀況嗎？」

「可能吧。」芮心說。「但一般人遇到我這種狀況的人，通常是感到不自在——或是居高臨下，不會抱有敵意。別人和我互動時的反應不全是因爲我的條件造成的。」

所以，到底爲什麼有這麼多船員對她不滿？她不確定是否還能忍受一整趟航程中都被他人的目光如此注視。

「我有點遲疑要不要說，」尼柯力說。「但也許推遲行程，重新找一組船員會比較好。這樣我們也會有額外的時間能安裝您的桌子。」

芮心搖頭。「我必須學會和這組船員合作。他們是我的巴伯思最信任、也最有成就的水手。再者，他們有操作這艘船的經驗，在船正式使用前，他們就已經駕船試航過了。」

尼柯力點頭，退下站在樓梯旁，等待她的指示。芮心繼續搔著嘰哩嘰哩陷入沉思。底下，娜凡妮王后的小隊抵達了，有兩名逐風師、一名執徒書記，還有一名年輕的食角人女子——大概是二十歲左右——芮心猜想她大概是他們的僕從。水手熱烈地歡迎接他們，甚至還有幾聲歡呼。

「這反應有點怪，」芮心咕噥著。雖然她的椅子很高，但船中的扶手還是擋住了她的一部分視野，這是她時常遇到的問題。「我沒預料到會有歡呼。」

「有一、兩名逐風師在身邊是件好事，瑞伯思。」武裝長說。他經過她的位置。

「我絕不會拒絕載他們一程。」

這場戰爭證明了船艦在會飛的敵人面前有多麼脆弱，從極高處丟下的大石頭就連最堅固的船都能擊沉。但這種反應，船員們的興奮感……是為了要彌補什麼嗎？芮心受過訓練，要特別注意過度興奮的交易對象。有時候人會過度推銷產品或是想法，水手們的反應讓她想起了這種狀況。

「船長？」芮心再度呼叫德宛。「發生什麼事了？為什麼水手都這麼緊繃？」

「這……沒什麼，瑞伯思。」船長說。

芮心瞇起眼睛。她剛開始沒放在心上，因為船長有時喜歡顯擺，但船長今天穿的是正式軍服，一身雪白、獎章閃閃發光，還戴著威風凜凜的三角帽，成卷的眉毛垂在其下。雖然她已經退役，但海軍和商隊其實是一體兩面；軍銜與榮譽都是兩者互通的。

今天，這身制服是為了展示力量。是某種象徵。

「請告訴我。」芮心說。

德宛嘆氣。「今天早上，有人發現船上的寵物死了。」這艘船的寵物是條天鰻，很會抓老鼠。從上次的航程中，芮心得知有很多船員都很喜歡牠。

「不好的預兆。」其雷德在後方低聲說。

德宛瞪了他一眼。現代賽勒那人不像祖先那麼迷信了——至少理當是如此。他們如今是虔誠的弗林教徒。況且，近來回歸的引虛者，他們的信仰和賽勒那異教以及烈情相似到讓人不安，又讓舊教變得更不受歡迎。芮心也盡量讓自己從舊的思考模式中脫離，試著對自己的信仰更加留意。

不論如何，賽勒那官方是不承認預兆的。白紙黑字上，你可以說那根本就毫無道理。但傳統是很有力量的，當人在海上時，邏輯靈總是看似遠在天邊。

「船上有逐風師在，」芮心說。「算是好預兆？」

其雷德點頭，他的眉毛俐落地塞在耳後。「妳可以說這算是……死去天鰻的代替品。早上事件的反預兆。」

「全都是些胡說八道。」船長說。「我已經告誡過船員好幾次，我不會容許這類言論。」

「沒錯，妳很明理。」芮心說。「請告訴我，船員已經知道我們的目的地了嗎？」

「他們知道。」

「有任何人表示擔憂嗎？」

船長對此嗤之以鼻。「在聽聞簡報前，他們已經被命令不得有所質疑或抱怨。芬恩女王親自下旨執行這項任務，我們當然會全力投入。」

「我了解了。」芮心說。「向船員傳達我的意思，告訴他們如果有任何人對我們的目的地有疑慮，都可以選擇留下，不會因此受到懲罰，並且在我們返航後可以再次上船。」

德宛的嘴唇抿成一線。她不喜歡芮心向船員下令，即便她有這麼做的權力。「好的，瑞伯思。」德宛對著她的兄弟點點頭。他向芮心一鞠躬，便跑去傳達訊息。

「這可能會讓任務延誤。」船長評論。

「延誤就延誤吧，」芮心說。「我知道因為我缺乏經驗，船組人員對於追隨我還有些遲疑。」

「弗廷親自挑選您，將船贈予您，證明他對您的愛護。沒有任何一名水手會反駁這點。」

這跟我剛剛說的話並沒有互相矛盾，是吧，船長？

在這個當下，一個念頭閃進她的腦中。她一直從自己的角度出發看待這整件事——弗廷把船送給她，讓她晉升成爲瑞伯思。但她被教導要從別的角度來看待事情。船長想要的是什麼？爲什麼她這麼不滿？

妳先前已經想到答案了，芮心告訴自己。這艘船建造的時間早於被交給妳的時間。這組船員已經駕駛它航行好幾個月了，然後……

「船長，」芮心說。「妳知道弗廷準備要退休嗎？」

「他……跟我說過這件事，還有一些爲他工作的人也知道。」

「然後他委託建造了一艘新船。一艘很昂貴的船，是他的艦隊中的寶珠，四海內前所未見的好船。他命令妳去訓練一組船員，練習駕馭這艘船。」

「然後？」

「妳以爲他要把船交給妳，對吧？」芮心的語調變得柔和。「妳不知道他打算把船給我。」

船長一僵。「沒有任何水手會假定弗廷這樣的人會直接把船送給他。」

「但他有提過準備要轉爲投資人的角色，沒錯吧？」芮心說。「他知道女王的任命很快就會下來，無法繼續再帶領貿易遠征，所以他提早替你們做了準備。他總是很照顧自己僱用的人。」

船長不敢看著芮心的眼睛，用幾乎看不清的動作微微點了頭。

颶風的，就是這樣，這就是理由。芮心突如其來晉升，以新船主的身分登船，一定讓所有船員都大感意外。弗廷不會提早告知他們，至少在確定芮心願意接下職務前不會說。

這些天來，芮心一直想著這艘船並不眞正屬於她。德宛在前一次航行中也肯定一直在想同一件事。

「您還需要我做其他事嗎，瑞伯思？」船長問。

「不用了，」芮心說。「謝謝妳。」

船長前去觀看她的兄弟集合水手轉達芮心的命令過程。總是熱衷於提供協助的尼柯力端給了她一杯濃度很低的橘酒。

「你都聽見了？」芮心說。

「聽見他們表現得像是被寵壞的小孩？只因爲其他人獲得比他們更高的職位而心

生怨懟？」

「這種想法太膚淺了，尼柯力。」芮心啜飲著酒。

「我……很抱歉，光主。我只是想要支持您。」

「你可以用不詆毀其他人的方式來支持我。」芮心說。「試著想想看他們的感受。你才替我工作不久，所以大概不知道我以前的名聲如何。」

「我有聽說您是名難搞的學徒。」

「難搞？」芮心露出微笑。「我才是那個被寵壞的孩子，尼柯力。每次遠征，我都不停地抱怨，即便我的導師一直待我不薄，而且還是全國最具盛名的商主。弗廷底下的水手肯定親眼看過我是個怎麼樣的人，就算他們沒看過，一定也聽別人說過。」

「所有人年少時都有點目中無人。」

「沒錯，」芮心說。「但當這個目中無人的年輕人得到你認爲屬於自己的船時，你也不會多高興的。」她繼續搔著嘰哩嘰哩脖子底下，獲得了幾聲輕柔的滿意啾啾聲。

「所以……我們該怎麼做？」尼柯力問。

「我會做弗廷做過的事，」芮心說。「盡我一生去贏得身邊的人的信任。船長可能自認可以做好商主的工作，但她很快就會發現談判比她想像中更加困難。弗廷信任我是有原因的。我只需要以行動向船員證明，他的信任是有根據的。」

「我不太確定，光主。」尼柯力轉身望向聚集在武裝長周圍，聽著他大聲宣布的船員。「我覺得您對他們期望太高了。我記得上次航行這些水手是怎麼對我的。他們不喜歡我。我有著奇怪的刺青，又是外國人。我試著和他們談話，但是……」

「一艘船的船員就像是一家人，」芮心說。「他們有時會對外人抱有敵意。我也有感覺到。如果你真的想融入他們，就去問問弗藍德——就是白天在鰻巢値班的那個人——他有沒有看過水手靈。」

「那有什麼用？」尼柯力皺眉問。

「那應該會讓他開始一種欺負新人的儀式。他們最喜歡用這個老伎倆來捉弄新手。」

「欺負人？」尼柯力說。「光主……我覺得那太沒水準了，我們不該鼓勵這種行爲。」

「也許吧。」芮心說。「我一開始覺得那很殘酷，然後我聽說了更早期的欺負方法。那些方法不但很侮辱人，甚至還很危險。在與我的巴伯思談過後，我開始理解了一個道理：有時候你必須接受不想要的條件，因爲那比其他方案好多了。

「在理想世界裡，沒人該被欺負。但我讀到過，當軍方嘗試要制止這類行爲時，反而造成了更多事故。禁止欺凌讓水手害怕計畫被發現，卻沒辦法阻止他們出奇不意地下手，反而讓整件事更加危險，所以他們改爲鼓勵其中比較安全的幾種版本，而軍官會裝作沒看到。」

「所以是在道德上妥協了。」尼柯力說。

「在不完美的世界裡，只能採取不完美的解法。」芮心說。「我當然不會強迫你，但如果你想多認識其他人，就試試看我的提議吧。假裝上他們的當，不論他們從你那裡騙了多少錢，我都會額外補進你的薪資裡。總額不會太多，他們知道分寸的。」

尼柯力若有所思地退下，其雷德則是終於回到了上甲板。當他向芮心回報時，船長也加入了他們。

「瑞伯思，只有三名船員接受提案，」他說。「我認爲我們不需要他們也能航行。因爲擔心遭受襲擊，我們近來的乘員數比較多，兩名燦軍肯定能補足缺少的三把劍。只不過，其中一名決定離開的是廚子恩藍。」

「這會是個問題。」德宛說。

「我原本也這麼認爲，」其雷德說。「但是燦軍說他們其中一名同伴是個很棒的廚子，所以我們可以讓她負責伙食。」

「我想那就解決了。」芮心說。「船長？」

「船員已經就緒，只待您下令，瑞伯思。」

「那就出航吧。」

第5章

即便風向絕佳，從賽勒那到艾米亞仍然需要好幾週的時間，還好芮心有很多事情要忙。她有未來的交易合約要談，還要和世界各地的癱瘓人士相互交流。芮心誠心期望有一天能與她的筆友們會面。

船在颶風與永颶來襲時會停泊在海灣尋找掩護，給了芮心使用信蘆傳訊的短暫機會。雖然流浪帆號的設計可以抵禦颶風，但除非緊急情況，否則他們不會在颶風中航行。

隨著日子過去，芮心試著多去認識船上的人，但是船員們依舊很難親近。她現在認知到他們的怨懟來自於對船長的同情，認爲船長才應該獲得這艘船。就算除去這點不說，與他們談話依舊有些尷尬。她是他們的瑞伯思，比軍官們更加遙不可及，每當她想和他們交談，他們不是不置可否，就是閉口不答。

獨一無二的洛奔則完全沒有這種問題。

他實在太有趣了。她想像過燦軍的樣子，也在遠處看過他們，但並沒有見過太多人。跟她有過最多互動是一名嚴肅、安靜的男子，她當時去詢問他是否能治療她的腿。他向她解釋他沒辦法治癒時間超過幾個月的舊傷。雖然他對她的情況表示同情，卻也同時態度超然。

她也看過逐風師掠過天際，並想像他們是強大的戰士、引發英勇舉動的戰場傳奇，有著英雄般的事蹟，置個人生死於度外。就好像由石頭刻出來的，像是賽勒那城中神將廟宇的雕像那般。

「話說回來，」獨一無二的洛奔一邊告訴她，一邊趴在地上繞著她的椅子爬。「妳一定要有兩隻手才能好好爬。是啦，當我只有一隻手的時候有發明自己的版本，但那比較像是扭動。妳看？」他改用單手爬行，另一手放在背後。

「那……在我看來還是挺像爬行的，獨一無二的洛奔燦軍。」芮心說。

「還是不一樣。」獨一無二的洛奔說。「我跟妳說，我曾經很懷念那時候的爬行呢。」

「你很懷念爬行？」

「沒錯，我會躺在床上想『洛奔啊，你曾經是個美妙的爬行者。這些俗人不知道自己過得有多好，能夠隨時想爬就爬』。」

「我無法想像如果我的腿恢復行動能力了，我會想去做爬行這類的蠢事。」

他整個人趴平在她座椅旁的甲板上，接著翻身看向上方。「是啊，大概吧。但別人因爲妳做的事情而笑，總比他們取笑妳無法控制的事情來得好，妳了解吧？」

「我……沒錯。我覺得我了解。」

船艦穿過浪頭，今天的海象有點不好，不過沒有預報會有颶風。在一片閃亮的蔚藍中，浪靈在白色浪尖上舞動著。芮心坐在上甲板角落的特製座位，被綁帶穩穩地固定住，頭上有遮陽傘擋著光。尼柯力說到做到，現在她的右手邊有個床頭櫃被穩固鎖在甲板上，其中有個能夠拴上的空間讓她存放書籍和寫作資料。

船長每次經過時都會看座椅一眼，芮心可以感覺到她在想什麼。多麼不實用的位置啊。在這裡，芮心暴露在風中，偶爾還會被海水噴到。爲何不聽從德宛的建議，待在自己的艙房裡就好？

人們總是一臉正經地這樣指稱，但同時自身被風吹浪打著，完全沒察覺自己有多虛僞。芮心想要待在能被看見的位置，也想要待在看得見海平面的地方。她想要聽見海的聲音——噴濺聲、拍擊聲，還有水手工作時的呼喊聲。

在她附近，娜凡妮王后的書記——名爲露舒的纖瘦執徒——跪在一個盒子旁邊，正在調整一些法器。雖然他們已經航行數週了，芮心仍未看到說好的法器展示。她希望就是今天。

「所以……」獨一無二的洛奔用雅烈席語說，他仍在躺在她的座椅附近望著雲朵。「妳知道什麼好笑的賽勒那沒腳笑話嗎？」

「沒有上得了檯面的。」

「單腳笑話感覺容易一點，」獨一無二的洛奔說。「要怎麼稱呼單腳的賽勒那人？摔了哪人？不不，跟原本名字唸起來差太多了。嗯……」

「洛奔，」露舒一面工作一面說。「你別再閒扯淡打擾芮心光主了。」

獨一無二的洛奔心不在焉地點點頭，接著張大眼睛。「喔，為什麼沒腿的賽勒那人沒自信？因為她覺得自己的主張站不住腳。哈哈！嘿，輝歐，聽聽這個。」

芮心忍不住綻開微笑，看著他用賀達熙語轉述笑話給他的表親，那是個矮壯的禿頭男子，有著寬圓臉與粗壯的手臂。以她有限的賀達熙語知識來判斷，洛奔接下來還得解釋這個雙關語，基本上完全毀了笑點。但洛奔說話的方式——充滿熱忱、堅持得到注意，拒絕被忽視——讓她覺得很放鬆，甚至感覺被鼓舞了。

對比之下，他的表親是個安靜的人。有趣的是，輝歐燦軍到目前為止大部分時間都在協助船上的工作，他會打繩結，也能操縱索具，就好像是在船上長大一樣。今天，他只是和善地點頭回應洛奔的笑話，一邊繼續鬆開繩結的作業。這是項低下的工作，通常是分派給睡過頭的水手，但這名燦軍居然自動自發來做這項工作。

「洛奔，」露舒再次告誡。「那個笑話很不恰當。」

「沒關係的，露舒執徒。」芮心說。

「這種話不該進您耳中的，光主，」執徒說。「這樣嘲笑您的疾患很不得體。」

「眞正不得體的，」獨一無二的洛奔說。「是人們有時候對待我們的方式。芮心，有沒有人問妳意外是怎麼發生的？然後又因爲妳不想多說就生氣？」

「隨時都有。」她說。「艾希之眼啊，他們一直刺探我，就好像我只是供他們消遣的謎題，其他人則是尷尬地在我身邊沉默不語。」

「對啊，我之前很討厭別人覺得只要一不小心我就會崩潰。」

「就好像我是放在架子上的易碎花瓶，只要一碰就會摔下去。他們根本沒看見我，只看得見輪椅。」

「他們有夠不自在，」洛奔繼續說。「他們不想看，也不想提起，但整件事就像颶他的靈一樣盤踞在對話裡，如果妳有個正好的笑話……」

「芮心光主才不必爲了安撫其他人內心的不安，就拿自己的短處來開玩笑。」

「沒錯，」獨一無二的洛奔說。「她是不必這樣做啦。」

露舒唐突地點頭，就好像她爭論贏了。但芮心了解洛奔話語中的意思。她不必做這些事情，但人生並不公平，妳只能盡最大努力去控制情況。眞奇妙，她居然能從一開始覺得是個傻瓜的人身上得到這麼深刻的智慧。她看向躺在甲板上的洛奔，他舉起拳頭以示支持。

「獨一無二的洛奔燦軍，」芮心說。「……嗯，那你要怎麼叫不能走路的賽勒那人？」

「不知道耶，大姥。

「叫她死殘廢，但是要躲遠一點。」

他咧嘴露出笑容。

「當然啦，」芮心補充。「這種侮辱對我來說根本無足輕重。」

獨一無二的洛奔聽了笑到快死掉。他叫來他的表親，翻譯剛才的笑話給他聽，這次輝歐也輕聲笑了。

露舒哼了一聲，拿著一箱寶石與金屬線籠朝芮心靠過來。「好了，光主，我已經充分準備好，足以進行展示了。」

「我了解妳，姐仔。」洛奔對她說。「妳昨天就準備好了，前天也是，大前天也是。怎麼啦？因爲在想魚要怎麼呼吸所以分心了嗎？」

「我們知道魚是怎麼呼吸的，洛奔。」露舒在芮心桌上架設她的器材，接著她臉紅了。「我被一篇關於火靈與邏輯靈之間的特殊交互作用論文分心了。他們發現了很有趣的事情。我很抱歉，光主。我做事情很容易一不注意就過了好幾天。不過，我已經準備好了。」

她遞給芮心一個銀色的環，上面固定著半顆發光的紅寶石。「把它舉在胸前，雙手伸直。很好，就是那樣。」

露舒向後一步，舉起一個類似的環。「現在，扭轉寶石的底座來啓動結合。」芮心照做。露舒放開她手上的環，但環仍然浮在空中。芮心手上的環與啓動結合之前相比，稍微變重了一點。

「您大概知道這種紅寶石的用法，」露舒站到遮陽傘下。「信蘆就是這樣製作出來的。在兩半紅寶石之內各含有半隻靈，就能讓它們同步運動。

「但大部分人並不知道配對寶石也可以讓運動方向互相相反。傳統上我們會用紫玉來做，但紅寶石也可以，而我們在破碎平原的牧場生產很多紅寶石。現在，請試著移動妳的環，但要小心，因爲配對的環會往妳預期的相反方向移動。」

確實，當芮心把她的環拿低，飄浮的環就向上移動。如果她往左移動，它就往右。動作對應看似非常完美。

「我們已經知道這個效應很久了，」露舒解釋。「所以目前的發明比較算是應用，而非創新。我們花了數個月研發不會過度壓迫寶石的法器籠，還有開發能夠讓大量寶石同步結合的框架結構。

「這就是我們創造飛行平台的方法。平台上有著寶石框架，以及裝在合適地點——例如台地的陡峭懸崖邊——的另一個框架做結合。我們把懸崖邊的框架往下降，就會使遠方戰場上的框架向上升，提供偵查兵或弓箭手使用。」

「但是航行中的船上沒辦法使用信蘆啊，」芮心一邊移動手上的環，看著另一個做出反應。「爲什麼這能管用？」

「是這樣的，信蘆的問題在於船隻隨時都在上下浮沉或水平移動，」露舒解釋。「若我們拿一支信蘆在大腿上寫字，可能會覺得手夠穩，但因爲整艘船都在移動，另一邊的信蘆其實會上下晃動、四處亂跑，這樣的動作幅度太大了，根本沒辦法正常使用。但現在這兩個環都在同一艘船上，所以它們會同步搖晃和動作。」

「如果船往下沉，」芮心指著另一個環說。「另一個不是應該往上嗎？」

「理論上是，」露舒說。「但實際上不會。只有您的動作會影響它。我們相信這與對環施加運動的人所處的參考坐標系有關。需要注意的是，我們對靈還有它的動作的認知會對它的本體產生有趣的影響。在您的認知中，這兩個環是處於相同的參考坐標系，所以它們會一齊移動。這就是爲什麼星球的自轉和曲率不會影響到信蘆之故。

「在船上使用信蘆的人沒辦法認爲自己與收信人處於同樣的參考坐標系，這點已經被證明過了。也許是有辦法訓練出這種思考方法，但目前還沒有人成功。確實，就連船的大小都有可能造成影響。舉例來說，如果您在小木筏上重覆這項實驗，結果可能就會不同。」

這……芮心聽起來覺得沒什麼道理，不過事實的確證明船的運動沒有影響到這兩個環。它們都隨著船移動，並沒有留在原地——或是因爲船正在向前航行而往後飛行好幾百呎。

法器。她的巴伯思一直都對法器很感興趣，也許芮心當時該跟他多學學才對。

「所以這能幫上什麼忙？」獨一無二的洛奔在她座位旁坐起身。「喔！我們要把那個黏在她腿上，然後叫另外一個人走來走去，那她看起來就像是在走路了！」

「呃，」露舒說。「我們是想讓她的椅子浮在空中。」

「喔，」獨一無二的洛奔說。「那合理多了。」但他看起來還是有點失望。

芮心搖搖頭。「我現在知道爲什麼娜凡妮光主不太願意做出承諾了。就算我們眞的能讓我的座椅浮起來，對我來說還是沒太大幫助，對吧？那張椅子必須和另一組寶石框架連結，如果我想要前進，就必須有人負責移動那組框架，所以我還是需要搬夫。」

「很遺憾，正是如此，光主。」露舒說。

芮心試著不讓失望顯露在臉上。這世界正轉變爲充滿奇觀的地方——有人能在空中翱翔、船隻的桅杆內包含著避雷針。有時候就好像所有事情都在以瘋狂的速度發展著。

但似乎沒有任何一種能幫上她。治療術效果絕佳……但必須是新的傷口。法器有神奇的能力……但需要人力來操作。她已經開始夢想擁有能夠自由操縱的飄浮座椅，不再像是一綑帆布那樣被人搬來搬去。

小心，她想著，別再回到那個什麼也不做的無力狀態。她現在的生活已經好多了。她學會了如何改變環境以配合她的需求，她每天早上都能使用彎鉤輕鬆地自行著裝。況且她還有自己的船！嗯，至少船是在她名下啦。不論如何，這都比坐在昏暗的房間裡做會計來得好太多了。

「謝謝妳的示範，露舒執徒。」她說。「就算不符合我的需求，這項科技還是很迷人。」

「娜凡妮光主指派我進行一系列的實驗，」露舒說。「她深入思考過這項技術能對您的狀況有什麼幫助。也許您想要擁有像是身處鰻巢的遼闊視野？我們能夠將您抬升到那麼高；又或者我們能在上下甲板之間裝個小型的升降梯？這應該辦得到，只要有足夠的配重，再請一名水手定期用曲柄拉起配重就可以。」

和她的夢想相比，這些提議相形失色許多，但芮心還是擠出微笑。「謝謝妳。進行這些實驗時，我也希望能在場。」

露舒關閉金屬環並收回箱子裡。箱子裡面還有一些其他器具，包含了幾片厚度各異的銀色金屬。「是鋁，」露舒在芮心查看時解釋。「我們最近發現鋁能夠阻隔信蘆通訊。娜凡妮指示我實驗需要多厚的鋁才會造成效果，還有觀察它會怎麼影響——或是不會影響——已配對的紅寶石在船上的運動方式。我甚至還有一些鋁箔，可以用來……喔，我是不是講太多技術細節了？很抱歉，我常常會忍不住。」

她看向芮心以及獨一無二的洛奔，他正搓著下巴。

「等一下，」他說。「往回一點。我需要更多解釋。」

「洛奔，」露舒說。「我覺得我沒辦法——」

「魚到底是怎麼呼吸的？」

芮心微笑，看著執徒發牢騷。露舒認爲他在開玩笑，但獨一無二的洛奔似乎眞的很想知道答案，一直纏著她要求解釋。

一陣突如其來的動靜吸引了芮心的注意力。其雷德匆匆來到上甲板，向正在和舵手聊天的船長低聲說話。芮心專注在他們身上，看見其雷德表情擔憂，還有船長立刻皺起眉頭。

不論是什麼事，他們會不會記得通知她？船長下了命令，接著走下樓梯。她走到一半，停下腳步瞥向芮心，然後注意到芮心正盯著她看。

於是，船長看似不耐煩地再次爬上階梯，小跑步靠近。

「怎麼了？」芮心焦急地問。「出了什麼問題？」

「黑暗魂術，」船長說。「是惡兆。您最好親眼看看，瑞伯思。」

第6章

食角人女子可絨把手插進桶子裡，再向上抬起，讓拉維粗穀從她指間滑落。蟲子就此現形，牠們的顏色與穀粒類似，在穀物堆表面伸展扭動，接著再次鑽進穀堆中。

「所有桶子裡都有？」芮心問。

「每一桶都一樣。」其雷德點頭示意水手再打開另外兩桶。

「我來補充食物，」食角人女子用濃厚口音的雅烈席語說。「然後發現，它們……每個都這個。」

芮心擔憂地看著水手展示其他桶內的蟲子。她一直想找時間和可絨聊聊，但這個女子總是待在船艙中幫忙餵飽船員，這點支持了芮心一開始認爲她是僕役的想法。然而燦軍們對待可絨的態度又好像不是這樣。所以，她到底是誰，又爲什麼會在這裡？

「這些穀子被詛咒了，」其雷德咕噥著。「這是黑暗魂術，是邪惡烈情在颶風裡下的咒。」

「又或者，」芮心試著冷靜思考。「我們只是買到內含蟲卵的補給了。」

「我們仔細檢查過，」其雷德說。「我們每次都會檢查。而且看看，第一桶是我們從賽勒那城帶上船的原本庫存僅剩的。那一桶是我們前陣子補給時買的，而這一桶是兩天前才上船的。但是現在，它們全部都有蟲。」

她發現另外兩個水手跟著點頭，低聲說著關於黑暗魂術的事。有蟲的穀物並不算太糟，大部分水手在長途旅行時其實都吃過，但才補給完沒多久就出現蟲子，而且還每一桶都有？這會被當成某種預兆。

這是古老的賽勒那迷信，據說，烈情能轉化事物。「學者已屢次證明自然發生說是錯誤的了，武裝長。」芮心對其雷德說。「發生這種事，並不是因爲什麼黑暗魂師上了我們的船。」

「也許是因爲我們的目的地的緣故。」他回應。「很多水手都夢到充滿警告的噩夢，他們擔心是烈情創造了這些預兆。」另一名水手再次點頭。「颶風的，發生這件事，再加上出航前一天船上有寵物死亡……連芮心自己都快相信了。

她必須趕快扭轉情勢。「其雷德，有多少船員知道這件事？」

「所有人都知道了，瑞伯思。」他看向一旁的食角人女子。

「我難過，」可絨回答。「我不知道這個……它不好……我問人……」

「木已成舟。」芮心轉向尼柯力。「回我的艙房，趕快。」

滿身刺青的搬夫與他的助手帶她快速地從船艙回到上層甲板。沒錯……芮心可以想像如果有台法器驅動的小型升降器的話該有多方便。

抵達艙房時，她發現獨一無二的洛奔正等著她。「出了什麼問題嗎，大姥？」

「糧食壞掉了。」芮心說。尼柯力扶著她的輪椅，讓他的助手打開門。「我必須趕快想辦法。」

「我可以飛去我們的前哨站之一，」獨一無二的洛奔跟著進入艙房。「捆一些穀物到天上，然後帶回來。」

「可行的方案。」芮心說。尼柯力將她靠到書桌邊，她立刻翻找起底層抽屜裡的筆記本。嘰哩嘰哩慵懶地從牠的箱子裡抬起頭，擔心地叫了幾聲。「不過，我覺得我們需要的是別種解法。」

她抽出一本筆記，向尼柯力點點頭，他鞠躬後便與助手一起退下，站立在房外。獨一無二的洛奔留了下來，等門關上後斜倚在一側。他看起來總是很放鬆，感覺上很容易低估他。

「這不光是我們缺乏食物而已，大姥。」他猜測。

「精闢的見解，」芮心翻閱著她的筆記本。「在海上最大的危險之一就是船員離你而去。」

「就像那艘幽靈船的船員，」洛奔說。「他們看來是離所有人而去了……」

「我不是指那種極端情況。」芮心說。「只是如果船員開始認爲我是帶他們來執行自殺任務，情況很快就會變得危險。」

這是海上生活的一個難題。有時訓練精良的優秀船員也會叛變，她的巴伯思和她說過，她也在書上讀過一件又一件類似事件。長期孤立在海上，船員之間的情緒會互相強化，平日看似荒誕的事情開始變得有可能發生。情緒就像靈，有時候會自己活起來，突然之間就連最優秀的船員也會開始歇斯底里。

最好的防衛就是紀律與迅速反應。她在筆記本內尋找有關數年前與弗廷一起進行的某次遠征的相關內容。她那時候是個小渾蛋，但會一五一十記錄事情有多煩的那種小渾蛋。

就在這裡，她心想。那是前往賀西荒野的一趟遠征。弗廷在特里亞斯花了一點小錢買了生蟲的穀物，芮心當時覺得他瘋了，誰會特別去買有蟲的穀物？

但就像他做過的所有事情一樣，弗廷的行動本身就是一堂課。他一次又一次對她強調，貿易不只是買進貨物再賣出而已，重點是找到沒有被滿足的需求。有點像是魂術：納進廢物，將其轉變成閃耀的寶石。他當時要求她記下一整列的地點……

「幫我叫船長過來。」芮心隨口說，伸手攤開其中一張地圖。

洛奔離開後，她才發覺自己居然命令了一名燦軍去跑腿。他會覺得被侮辱嗎？但當獨一無二的洛奔帶著德宛回來時，他看起來並沒有不快，只是好奇地從她身後探頭看著地圖。

「瑞伯思？」船長問。

「我們要稍微繞道一下。」芮心指著地圖說。

⁂

芮心要求所有船員都待在甲板上，看著她邀請賀西遊牧民上船。他們是安靜的民族，對世界政治不感興趣，人人綁著辮子，身上帶著淡淡的動物氣味，因爲他們飼養牲畜並將其視爲神聖的象徵。他們的祭司階級遵守不吃肉的戒律，但將昆蟲與蠕蟲當作植物而非動物。

弗廷要她記下六個可以交易生蟲穀物的部族，這是其中之一。在開始交易前，芮心唸了一段弗廷要求她記錄下來的開場白。遊牧民開始檢查穀物，發現狀況很好——蟲子飽滿肥大，但穀粒大多還沒被啃食。

芮心簡短但堅定地討價還價，同時注意不要占太多便宜。交易結果爲一大批肉乾，那是遊牧民特別爲了這類交易而製作的，來源是他們死去的動物。又因爲芮心恭敬的言語，遊牧民還送了她一批毛毯，說是要給「受榮耀者」，這些也能賣個好價錢。之後遊牧民帶著一桶桶的穀物，邊唱著歡送曲離開。

「他們居然眞的會買長滿蟲的穀物，」船長搔抓著頭說。「瑞伯思，我必須說，我直到剛才都還不太相信您。」

「我想弗廷應該從沒帶妳來過這裡吧。」芮心說。

「啊，這的確很像他的伎倆。我還在想，爲什麼這裡不是眾所周知的地點？這裡早該要擠滿商人打算賣舊穀物獲利才對。」

「妳會這麼想沒錯，」芮心說。「但這不是我從弗廷那裡學到的。要接觸賀西部族必須要很謹愼，而且他們的語言非常難學。只要你的態度傲慢，他們就會請你吃閉門羹。再者，穀物必須要新鮮，只不過裡面有蟲，他們並不會買滿是朽靈的爛穀子。」

「話是這麼說啦。」船長說。

她說得沒錯，這的確是個未經開發的市場。但當眼前展示著精美布料和珠寶時，有誰會想要交易生蟲的穀物？當瑪拉特的大市集就近在咫尺，有誰會特地跑來賀西荒野？

只有了解需求與貿易真正意義的人。謝謝你，巴伯思，她心想。她望向船員們，發現焦慮靈比之前少了許多。他們的情緒平息下來了。最近這幾天的氣氛很緊繃，但現在船員返回崗位時感覺快活許多。

芮心希望自己成功扭轉了預兆。這是傳統上驅散惡兆的方法：從中獲得好結果。對那些信奉烈情的人來說，這代表即便你的道路被惡兆所籠罩，命運最終還是站在你這一邊。樂觀與決心永遠都能擊敗陰鬱的烈情，就連最凶暴的颶風，也會帶來清水。

她個人覺得這全都是些胡說八道，但其中隱藏的事理卻很耐人尋味。預兆不是真的，但人們對此產生的反應卻非常真實。扭轉預兆就是扭轉觀點。就像在不同觀點下，滿是蟲子的穀物可以只是廢物，也可以是高價的商品。

尼柯力聽她指示將芮心舉起。對於這類單純的移動，他不會使用吊具，而是採用類似搖籃的坐具，讓她能坐在上面。當他靠近上甲板時，幾名水手向他揮手，說了些笑話，尼柯力對此露出微笑。

「我看得出來計畫有效喔，」芮心說。他將她放在遮陽傘下的座椅上。「你看起來在船上交到了幾個朋友呢。」

「我……」尼柯力低下頭。「我不該心存懷疑的。是的，光主，他們現在會找我一起吃飯，問起我的家鄉。他們不像我以爲的那麼歧視別人。」

「他們是，也不是。」她說。「就像我說過的，一艘船上的水手是個很緊密的團體，但選擇搭上流浪帆號，就代表他們喜歡進行長途旅行、前往新地點。他們不是那種會因爲外表不同而討厭別人的人——但一樣會對非船上大家庭成員的人感到不信任。你只需要加入那個家庭就好。」

她自行綁好綁帶，尼柯力則在她的座椅旁蹲下。「您和我預想的非常不同，光主。我以爲替商人工作會……不論如何，謝謝您。謝謝您早先對待遊牧民的方式。還有對待我的方式。還有您的智慧。」

「我也希望這是我的智慧，尼柯力。」芮心說。「我的老師把我訓練得非常好，我不值得他如此，也永遠沒辦法像他一樣。」

「光主，」尼柯力說。「在我看來，您做得很好。」

他的話讓她很感激，但自從她理解船員對她的想法後，就越來越難以平息來自內心的聲音——質疑她不配擁有這艘船的聲音。她沒有贏得這個職位，她也沒有賺到錢、展現足夠的洞察力，或是一步一步慢慢升上船主。芮心擁有的一切都是被給予的。

船長對她的態度說明了一項令人不舒服的事實。芮心的確沒受過考驗。她的確不配。就連她今天達成的事都是依靠弗廷和他的教導。當然，她不會停止這麼做。只因爲任性埋怨就刻意忽略自己曾學過的教訓，恰恰像是年輕的她才會犯下的事情。

但她內心的聲音依然持續著。

「您知道嗎？」尼柯力依然蹲在她座椅旁掃視著整艘船。「我心底有一處奇怪又有點自私的地方，並不希望船員喜歡我，把他們全都想成是爛人還比較輕鬆。」他看向自己的腳。「我的心胸很狹隘。」

「不，那只是人性而已。」芮心說。「你知道的，你還欠我一個故事，就是你離開家鄉的理由。別以爲我忘記了。」

「那不是什麼有趣的故事，光主。」他說。「我們住在一個小村莊，沒什麼有趣的。」

「我還是想聽聽看。」

尼柯力沉思起來。芮心跑過了大半個世界，卻從沒看過類似他身上的刺青。那些紋路是沿著某種疤痕組織而刺下，就好像他的皮膚被刻出一道道痕跡，痊癒後又再覆上白色的刺青。

「我被我信任的人背叛了，」他終於開口。「過了沒多久，我們之中有人必須前往賽勒那——雖然我們的人數很少，但對其他大國發生的事很感興趣。我自願了，這樣我就不用與背叛我的人繼續相處。」

這個回答只讓她產生更多問題。但她沒有追問。感覺不是時候。

「您的老師有說過任何關於叛徒的智慧嗎？」尼柯力說。「要怎麼樣對待背叛了自己的信任的人？」

「弗廷說，和朋友簽約前一定要多讀一次合約內容。」芮心柔聲說。

「就這樣？」

「我曾在另一個場合請他多解釋一點。他說：『芮心，被欺騙是很糟糕的感覺。被所愛的人欺騙又更糟。發現這種欺騙就像是發現自己身處於黑暗的深海中，周遭只有妳一度以爲理解且喜愛的無形暗影。這種痛苦難以言喻。但絕不能因爲這樣就假設這種事不會發生。所以再讀一次合約吧，以防萬一。』」

尼柯力低聲咕噥。「這……不是我預期的智慧。我以爲這個人全心過著充滿慈愛的人生。」

「弗廷人很好，也很誠實，」芮心說。「但這兩項特質也會讓別人認爲有機可乘。」他也警告過她這件事，她總是在想，不知道是什麼樣的經歷爲他上了這麼痛苦的一課，但他從沒說過細節。

「光主，」尼柯力說。「我不知該不該跟您說，但……我覺得您應該要知道。其他人常常忽略我，但我很擅長聆聽。我聽到一些事。我在想……光主，我想燦軍和他們的同伴在隱瞞些什麼。」

「爲什麼他們要這麼做？」

「我不知道。只是他們在說話時，那個執徒叫其中一人小聲一點，不要讓妳或船員聽見。某種跟任務有關的事。我只聽到這些。但我必須說，那名食角人是最先發現蟲子的人，而燦軍還是沒有好好解釋爲什麼她會上船。」

「你在暗示些什麼嗎？」芮心說。

「沒有指控。只是分享我聽見的事。」

「我覺得我們可以信任燦軍騎士。」芮心說。

「我很確定兩千年前的人也這樣想。」尼柯力嘆口氣，接著站起身。「也許我什麼都不該說的。我要去一下廁所，很快就會回來，光主。」

芮心排除燦軍刻意放蟲的可能性，但的確有些問題困擾著她。那些蟲是怎麼突然之間出現的？還有，是什麼殺死了船上的寵物？芮心發覺她還沒問過。

她在出航時思索著。顯然不只有她曉得即便預兆毫無根據，卻依然能強烈地影響目擊者。如果有人想要干擾這項任務，安排幾項恰到好處的預兆會是絕佳的方法。

別太急著下定論，她告訴自己。解決辦法就是繼續觀察。

如果她是對的，下個「預兆」很快就會降臨。

❈

尼柯力走進廁所鎖上門，接著關閉身體的嗅覺，避免被此處的臭味轟炸。他舉起軀體的手部握拳，對於能夠長時間維持這個形體感到滿意。但現在尼柯力放鬆下來了，他身體上的接縫開始分離，冷空氣進入不斷蠕動的內在——在緊密結合這麼久之後終於可以自由活動，讓他的內部放鬆地顫抖著。

與此同時，尼柯力閉起軀體上最明顯的一對眼睛，也就是他的人眼。那對眼睛眞的能看到東西，尼柯力對此很驕傲。大部分無眼者都是使用假眼，他們的視線會因此出現誤差，所以容易被識破。

閉上軀體的眼睛後，他就比較容易感覺到遠處的自身部位。他的身體廣布在全羅沙上，而且尼柯力能讓它們發出嗡鳴，與其他同伴直接以意識進行溝通。這些種群就是特別爲此培育的。

我們，尼柯力向其他人傳送訊息，有麻煩了。

確實是這樣，尼柯力亞索門，奧亞哈力薩鐸傳送，它的嗡鳴聲低沉而憤怒。你要他們返航的作法並沒有效果。你失敗了。我們需要其他手段。

那不是問題所在，尼柯力傳送，問題是我開始喜歡他們了。

這並非超乎預期。業拉麥司辛傳送，它的嗡鳴聲圓滑而冷靜。它是首群，羅沙上最古老的蟲群；尼柯力則是第二十四群，其中最年輕的。舉例來說，我喜歡那名盟鑄師，即便我知道他會毀了我們。

他不會，載亞銩傳送，它的嗡鳴聲尖銳且具斷點。他做出了代表榮譽的選擇。

這就是爲何他會毀滅我們。業拉麥司辛回覆。他現在反而更危險了。

那是另一個討論議題了，奧亞哈力薩鐸說。他是第三群，幾乎與業拉麥司辛一樣古老的蟲群。你喜歡這些人類，尼柯力索亞門。這很好。我們不擅於模仿他們，而你則從旅途中學到許多。我們之中應該要有更多成員花時間去研究人類，變得更像他們。

再者，業拉麥司辛說，我們該對那些必須被剔除的人心懷同情。你喜歡人類是件好事。

我們一定要剔除他們嗎？尼柯力回覆。

人類是必須被控制的火焰。業拉麥司辛以它冷靜的嗡鳴說。你還年輕。你在清滅時還沒分群。

我想再試一次驅離他們。尼柯力傳送。

眞是一團亂，奧亞哈力薩鐸說，它是蟲群中最憤怒的。事情不該發展到這個地步。你早該在這之前就殺了他們。

他們不該找到那艘船的，載亞銩傳來。如果他們沒發現船，一切都還會在控制之下。

船本該沉沒的，奧亞哈力薩鐸說。它絕不可能在毫無幫助的狀況下度過颶風。

船被發現並不是巧合。

阿克洛枚達瑞又再次背叛了我們，首群業拉麥司辛說。它干涉的越來越多了。它已經與新燦軍會面過了。

我們能確定那樣做是錯誤的嗎？尼柯力問。也許那才是聰明的作法。

你還年輕，業拉麥司辛傳送，既冷靜又堅定。在某些方面，年輕有其優點。舉例來說，你學得比我們都快。

尼柯力比其他人更會模仿人類。當構成尼柯力的蟲群分群時，裡面已經包含了專門爲此僞裝而培育的種群。尼柯力更進一步地培育它們，現在他很確定這具身體已不需要用刺青來遮住皮膚上的接縫了。

阿克洛枚達瑞很危險，尼柯力傳送。我理解這點。但它的危險性比不上那些眞正的叛徒。

兩者都同樣危險。業拉麥司辛傳送。相信我們。你不像較老的蟲群，並沒有背負著記憶的傷疤。

我們必須要聆聽年輕人，載亞鍤怒回。他們的道路並不受限！這次前來的人類並不是尋求財富的海盜，首群。他們很堅持。如果我們殺了他們，會有更多人來的。

我的計畫最好，奧亞哈力薩鐸傳來激烈的嗡鳴。讓他們穿過風暴吧。

不，業拉麥司辛說。不，我們必須提前阻止他們。

爭論到這個階段，問題被傳送給仍接受首群領導的總共二十個蟲群。是時候讓人類的船沉沒了嗎？

回覆經過計算。結論是平手。有一半想讓人類抵達風暴——他們可能會被風暴吞沒，或是進入無眠者的領域。另一半想要在人類抵達風暴前就殺了他們。有幾個無眠者，例如尼柯力，並沒有投票。

見到其他人也舉棋不定，尼柯力自身的蟲群寬慰且滿意地嗡鳴著。這是個機會。

我想要再試一次驅離他們。尼柯力回覆。我有個自認會成功的想法，但需要協助。

另一輪投票開始，尼柯力不在船上的身體全都期待地嗡鳴著。

認可——投票的結果如此說。是的，尼柯力被允許再試一次。

要殺死燦軍很痛苦，更別說還有一名視者（Sighted）。首群業拉麥司辛說。你可以嘗試這項計畫。但如果你失敗了，我就會進行另一輪投票——到時候你必須願意採取更極端的處置。

第7章

「妳有沒有覺得船員有點奇怪？」洛奔飄浮在甲板上三呎處，雙手抱頭平躺，問著一旁的可絨。

這名健壯的食角人女子正在搗著一盆很香的東西，聞起來充滿辛香料的味道，讓他想起大石的菜餚——那不是很辣，而是充滿了各種風味。有趣的風味。不過眼前這道菜還有著海洋的風味，她說是來自於海草。誰會吃草啊？他們這些人不是應該吃甲殼才對嗎？

「奇怪？」她問洛奔。「船員？」

「是啊，很奇怪。」他看著幾名水手踏著重步經過，還不斷地望向他。鹿艾飄在半空中、跟著他們，但只有洛奔和可絨看得見他。可絨和她的父親一樣，能夠看見所有的靈。

「你們全部奇怪。」她認同。雖然每個字都還帶些猶豫，但她的雅烈席語越講越好了。

「只要我是最奇怪的那一個就好，」洛奔說。「那確實是我最討人喜歡的一點。」

「你……非常奇怪。」

「太棒了。」

「非常很奇怪。」

「一個喜歡吃草的女人居然這樣說我。」洛奔說。「那不是食物，妞仔，那是食物在吃的東西。」他皺眉看著數名水手經過，其中幾人對他比了某種賽勒那手勢。「你看！我們上船時他們還在歡呼呢，現在他們全都變奇怪了。」

在賀西賣掉穀物後，船上情況有變好一些，而且洛奔認證那些肉乾眞的不錯吃。但現在他們來到了旅途的一半，每件事情都變得怪怪的。所有互動都帶有某種奇怪的感覺，他還不太清楚那到底代表什麼。

他往上看著輝歐飛過頭頂，然後降落在甲板上。他將一封信遞給可絨——八成是她父母寄來的——接著把給芮心的信收進制服的內側口袋。她請他到鄰近的島上收取今天的信件。

「謝謝你。」可絨告訴輝歐，舉著她的信。「拿它是開心。」

「不客氣。」輝歐說。「簡單。沒問題。」

看他們用雅烈席語互動很有趣。爲什麼會有這麼多種語言，爲什麼大家都不學賀達熙語就好？那是很讚的語言，每一種表親都有不同的叫法。

「輝歐，」洛奔用雅烈席語說，才不會把可絨排除在外。「船員最近對你有怪怪的嗎？」

「沒有。」他說。「嗯，沒確定？」

「不確定？」洛奔說。

「對。不確定。」他放下背包，裡面裝著信蘆與其他裝置。輝歐伸手進去拿出一小盒鋁板與箔片，是露舒請他帶著的，以便和待在船上的她進行某種互相聯絡的實驗。「你們知道這個？」輝歐問他們。

「是鋁，」洛奔依舊浮在甲板上幾呎高的半空中。「是啊，奇怪的東西。鹿艾告訴我，如果鋁夠厚的話可以擋住碎刃。它們是用魂術變出來的，但只有幾個人能做到，所以很稀有。」

「可以交易。」可絨說。「在山峰。我們交易。」

「交易？」輝歐說。「誰交易？」

「靈世界的人，」可絨說。

輝歐歪著頭搔著下巴。

「它是奇怪金屬，」可絨說。「對靈做奇怪事情。」

「奇怪。」輝歐同意。他收起背包中的物品漫步離開。

希望他會將東西交給露舒，而不是自己拿來玩。輝歐有時候會因此惹上麻煩。

「可絨，在妳的國家，」洛奔像躺在沙發上那樣在半空中轉身。「山峰上有水池對吧？那是怎麼來的？水應該很冷吧？」

「離城遠很冷，」她說。「離城近很暖。」

「嗯哼。聽起來很有意思。」

「它是。」她微笑。「我愛它。我們土地。不想離開。必須和母親離開。去找父親。」

「如果妳想要的話可以回去，」洛奔說。「請個逐風師帶妳飛回去很容易的。」

「是，」她說。「但是現在外面它危險。好危險。我不想走。太愛家了，是的？但我現在看到它，我不能回去。因爲這裡有人危險。會到我家的危險。」她的視線從食物上移開，看向海洋。「我以前怕不是家的地方。現在……我發現害怕的東西也是有趣的東西，我喜歡危險的東西。我以前不知道。」

洛奔點頭。她看待世界的方法多有趣啊。他喜歡聽她說話。他喜歡可絨的口音讓話語有種韻律感，還有她有時把母音拖長的方式，再加上她很高，高大的女人最棒了。他發現她只比他年輕幾歲時有點驚奇。他沒預料到她的年紀。

不過，他已經為了她把輝歐黏在牆上三次了，但可絨似乎不覺得佩服。他也替她做了芻塔，但她的手藝早就比他好了。下次他得找機會向她展示他有多會玩牌。

「這很有意思，」他說。「妳喜歡令妳害怕的東西？」

「是。但我以前沒發現這個東西。害怕的東西，是。」

「妳以前沒有發覺那些令人恐懼、完全不同的事物，同時也引人入迷。我想我知道妳想說什麼。」他思考一下，從一大顆石榴石裡汲取颶光。其他人說他很傻，但他覺得不同顏色光的口味不一樣。

他看向可絨。她會佩服他能隨意飄浮嗎？如果不特別問，他就不可能知道答案，但問了就顯得一點也不隨意了。所以他雙手托著頭，繼續想著她說的話。

「可絨，」他說。「妳父親，他真的會因為做過的事陷入危險嗎？因為他救了卡拉丁？殺了阿瑪朗？」

事件發生已經過了數個月，卡拉丁成功說服大石暫且留在兀瑞席魯。主要是讓他的家人在長途跋涉後能休息久一點。但這不是永久的，大石越來越想回去家鄉面對裁決。

「是，」可絨柔聲說。「但是因為他。他做的事。他想要。」

「他做了選擇去幫助卡拉丁，」洛奔說。「但他並沒有選擇自己出生的順位。」

「但他的選擇回去。他的選擇去……我不知道怎麼說。去選擇？」

「裁決？」

「是，也許。」她向他微笑。「不要爲我父親害怕，洛奔。他會選擇他的選擇。如果他要回家，我會留下。給福會留下。我們會幫他看。」

「看，」洛奔說。「妳是說看靈嗎？」

她點頭。

「現在附近有靈嗎？」洛奔問。

「鹿艾。」她指向變成神奇飛船形狀掠過的洛奔的靈。「和凱利諾菈。」那是輝歐的靈，她很少在洛奔面前現身。「風靈在天空，浪靈在水裡。焦慮靈跟著船，快要看不見，還有……」她搖搖頭。

「還有什麼？」洛奔問。

「奇怪的東西。好的神，不常看到。阿帕利奇托寇亞阿。」她努力思索著正確的詞，接著拿出一張紙——她常隨身帶著一些——快速地畫出圖案。

「是運氣靈。」洛奔認出了箭頭形狀。

「五個，」她說。「之前沒有。然後三個。然後四個。每天多個。」

不錯嘛。他很開心可絨有留意，原本她還在猶豫是否要一起來，因爲她不覺得自己能幫上忙。他鼓勵她，因爲他知道她想多看看這個世界，所以她現在才能在這裡看見有趣的靈。

「我不知道該不該擔心運氣靈，」他說。「但我還是會請露舒回報。加絲娜女王或是其他人可能會想到什麼。」

可絨點頭，洛奔停下捆術，砰的一聲落在甲板上，摔得比他想像中還重一點。他拍拍木板咧嘴笑，感覺有點蠢。眞可惜輝歐沒看到，他會很喜歡的。

洛奔小跑前去尋找他的表親。正如他所擔心的，輝歐正在亂弄露舒執徒的信蘆，他看起來已經把其中一支完全拆開了。

「洛奔，」輝歐用賀達熙語說。「這個鋁有種引人入勝的特質，我確信被禁錮的靈能感應到它的存在，幾乎就像是獵物對掠食者做出反應那樣。當我用這片鋁箔去觸碰寶石，靈就會移動到另一端去。靈會因爲人對它的想法而做出反應，我的假設是鋁不但會干擾這一點，也能干擾靈感應相對結合寶石中另一半的能力。」

「你知道嗎，老表，」洛奔用相同的語言說。「那些信蘆比你以前拆壞的鎖頭要貴得多了。你可能會惹上麻煩。」

「也許吧，」輝歐說著用一支小螺絲起子拆起寶石的底座，「但我很確信我能重組起來。執徒女士絕對不會發現我的研究的。」

洛奔躺在他的床位上。他原本是要求一張跟船員一樣的吊床，但其他人的反應就好像他發瘋了似的。原來床鋪在船上是很稀有的。這很合理。因爲大家都有颺他的吊床！誰還想要床啊？

「這整個任務感覺有哪邊不對勁。」洛奔說。

「你只是太無聊了，表弟。」輝歐說，「因爲船員忙著自己的工作，沒空跟著你的古怪舉動起舞。」

「不是啦，才不是那樣。」洛奔盯著天花板。「又或者根本就不是這趟旅程。事情最近就是有點……怪，你懂嗎？」

「雖然大家總是莫名地認爲我能夠解讀你的表達，但我大多數時候還是很困惑，這不僅限於你用雅烈席語說話的時候。幸好你通常會繼續解釋，講個不停，用一大堆形容詞。」

「你知道的，可絨的雅烈席語越講越好了。」

「她做得很好。也許她接下來可以學學賀達熙語，這樣一來，當我不明白你時終於有人可以幫我好好翻譯了。」

「你終究會學會的，表哥。」洛奔說。「毫無疑問，你是我們整個家族裡最聰明的人。」

輝歐咕噥一聲。難以學會雅烈席語是他的軟肋，他總說他的腦子就是轉不過來。他努力了很多年，都沒什麼進展。但沒關係。洛奔也是花了很多年才學會怎麼把斷掉的手臂長回來。

所以到底是什麼在困擾洛奔？是因為可絨說的話嗎？他從口袋拿出他的橡膠球，練習在裡面灌注颶光，先把它黏在天花板上，然後在落下時再接住。

引虛者回來了。但他們並不是真正的引虛者。他們只是帕胥人，卻不一樣了。然後就像老故事說的一樣，戰爭開始了。還有一個新颶風，基本上就是世界末日。一切都很激烈。

但現實中，一切都過得颮他的慢。

他們已經打了好幾個月，然而最近的進展還比不上輝歐的雅烈席語學習速度。就算殺死那些有奇異能力、被稱作煉魔的歌者，他們還是會重生。戰鬥又戰鬥又戰鬥，說不定能成功占下幾呎地。眞棒。再這樣一百萬個世紀，也許就能搶下整個王國。

颶他的世界末日不是應該更……戲劇化嗎？與入侵者之間的戰爭感覺起來跟之前破碎平原上的戰事相像到令人沮喪。當然，洛奔會抱著正面的態度，那對大家都有幫助。但他忍不住在腦子裡比較起來。

他和好人是一國的。燦軍、兀瑞席魯、這一切。他決定他們是好人，即便有些燦軍以前做了些不好的決定。

但他想起破碎平原。還有在那裡拖了好幾年的戰鬥到底有多蠢。有多少好人被殺死了？他不禁擔心他們現在是去蹚一灘跟之前差不多，甚至是更大灘的克姆泥水。

「我希望，」他說。「這艘船能開快一點。我希望我們可以做點事，這實在拖太久了。」

「我有在做事，」輝歐說。他坐在書桌前的座椅上轉過身，舉起修復好的信蘆。「你看？我已經將它復原到與先前一模一樣的狀態。」

「是嗎？那還可以寫嗎？」

輝歐從背包拿出紙，在上面隨便畫了幾下。跟它配合的信蘆卻在紙上沿著一直線移動。

「喔……」輝歐說。

「你這個爛水果腦袋！」洛奔跳起來說。「你把它弄壞了。」

「喔……」輝歐重複一聲，接著又隨便亂畫。那支筆和先前的反應相同，會隨著他的動作左右移動，但在他拿筆上下移動時卻不會跟著上下動。「嗯哼。」

「太棒了，」洛奔說。「我現在得去跟執徒女老闆報告了，然後她會說：『洛奔，我知道你都很小心，不常把東西弄壞，但我還是希望你表哥頭殼裡裝的是腦袋，而不是爛水果。』然後我會同意她說得對。」

「他們有很多同樣的裝置，」輝歐說。「送來的貨箱裡至少有二十對。其中一對故障應該不會造成特別的負擔。」他又畫了一次，結果仍然一樣。「或許我可以——」

「試著修好它？」洛奔懷疑地說。「我想是吧。你的確是很聰明。但……」

「但我八成會進一步毀掉它。」輝歐嘆了口氣。「我還以爲我完全搞懂了，表弟。它看起來不像時鐘那麼複雜。」

「你拆開時鐘後，成功組回去幾個？」

「的確是有一次……」輝歐說。

洛奔對上他的目光，兩人相視而笑。

輝歐拍拍他的手臂。「將這些歸還給執徒女士。告訴她如果有需要的話，我會負責賠償壞掉的信蘆，不過要等到下個月就是了。」

洛奔點頭。他們兩人以及普尼歐把大部分的燦軍薪餉都拿去幫助家族裡比較窮困的表親。很多是給了羅德的家人。燦軍的待遇很好，但也有很多表親需要幫忙。這就是他們的生活方式，當洛奔還很窮時，其他人也是一直幫助他。

洛奔走到甲板上，對自己已經適應了船的搖晃感到很驕傲。不過，他注意到一大群水手聚集在船的左邊。那個……呃……左舷？他靠過去，接著將自己向上捆，越過水手的頭向外看。

有東西浮在附近的水面上。很大的東西。而且非常、非常、非常徹底地死掉了。

第8章

尼柯力帶著芮心來到船邊，一股沉重的恐懼感壓上她。水手聚集在這裡，周圍都是黑色扭曲十字架般的焦慮靈，還有幾球懼靈。他們讓開一條路讓芮心通過，普藍瑞——尼柯力的賽勒那人助手——趕忙向前，放下一張高凳子供她使用。尼柯力將她放上凳子，她抓住欄杆平衡身體，接著點頭示意他退下。

船長上前補進尼柯力空出的位子，站在芮心身旁。像這樣坐著，芮心能越過欄杆看見其他人竊竊私語討論的目標：一隻死去的山提德。牠腐爛的背板與外殼翻向一邊，白色的眼球盯著天空，體型巨大，幾乎有船的三分之一長。

這種巨大的海洋生物非常稀有。她以前以為牠們絕種了，但仍舊很喜歡聽巴伯思跟她說起的故事。據說牠們會拯救溺水的水手，或是跟隨著船好幾天，讓上面的船員心情好起來。比起動物，牠們更像是靈，不知為何能夠強化周遭人們的平靜與自信感。

就如烈情一樣，這八成也只是種幻想。但她從來沒遇過會說山提德獸壞話的水手，而且在海上遇見山提德可以說是最好的吉兆了。不用問都知道，如今遇見一隻死掉的山提德，對船員的情緒會有多大的影響。

水手預感有事情要發生了，她想。過去幾天所有人都很緊繃，他們在等待。也許就像芮心一樣，他們注意到了事情發生的模式，所以在預期著第三個，也是最糟的惡兆。這對他們來說可以證明船員的被詛咒了。

況且，當她望向不自然的巨大屍體時，發覺自己也心存懷疑。沒錯，預兆看似毫無道理。但她也曾經以爲引虛者只是傳說，然而它們卻回歸了。她的母親總是嘲笑故事中的失落燦軍在颶風內會如鬼魂般遊蕩，但現在她的船上就有兩名燦軍。芮心何德何能去判斷什麼事是眞實的，什麼又只是迷思？

不，她想。一定還有其他解釋。有誰有能力安排這種事？

她原本預期第三個惡兆會類似於生蟲的穀子或是死掉的寵物，是一般人可以祕密達成的事情。但這……這已經遠超過一般的詭計了。她眞的覺得船員裡有人能找到一隻幾乎是傳說中的生物，然後殺掉牠，再丟進海裡，而且完全不被察覺？

這不一定是人爲安排的。她強硬地告訴自己。也有可能只是不幸的巧合。

她再次往下看，幾乎要發誓那隻巨大的眼睛正在瞪著她。就算牠已死去，視線依舊筆直射向她。看著山提德腐爛的肉塊從主體上漂離，她有種自己正在被窺視的感覺。她也突然感受到水手們的情緒。陰暗。過於安靜。沒人開口說出這是多麼糟糕的預兆，因爲所有人都知道，已經沒什麼好說的了。

「看見這個，只能返航了。」奧茲班說。他是個高大的水手，喜歡把眉毛弄成尖刺造型。他看向芮心。「我們不可能再繼續前進。」

颶風的。那不是問句。芮心尋求船長的支持，但德宛只是雙手抱胸，並沒有反駁水手。那麼做八成會引發叛亂。船員們對船長很忠心，應該不會殺害她，但……要是流浪帆號返回港口時，船長、武裝長和船主全都遭到軟禁，因爲他們都「發瘋」了，又有誰會說什麼呢？尤其是看到死亡的山提德這種預兆後。

芮心差一點就要下令返航了。她清楚知道交易卡在克姆泥裡的樣貌，這時最好的作法就是帶著貨物離開，而不是繼續強迫達成共識。

但這就代表要屈服於迷信。而且就算這件事是湊巧發生，先前依然有人嘗試要嚇阻船員。回頭就代表屈服於那個人了。

更重要的是，回頭就代表放棄救嘰哩嘰哩。有時候，交易太過重要，逃避不在選項裡。有時候，妳必須得從逆境開始談判。

「爲什麼牠浮在水上？」芮心向水手發問。「牠死掉後不是應該沉下去嗎？」

「不一定，」其雷德從人群外現身靠近。「我曾航行經過被撞沉的船。就算過了好幾天，發脹的屍體依然會漂浮在水上，被下方的魚群啃食。」

「但牠這麼大隻？」芮心問。「還長著大甲殼？」

「巨殼獸的屍體會漂浮，」另一名水手說。「牠們死後會分解成一塊塊屍塊。我以前看過。」

沉淪地獄的，芮心對這方面的知識不足以繼續追問下去，但他們實在不太可能隨機碰上這具屍體。也許還有其他可能。也許想要阻撓她任務的並不是單一個人，而是更大的組織。敵人有煉魔，擁有類似燦軍的能力。這可能是織光術幻象，或是魂術做出的道具，或是其他可能的解釋。

她不想放棄。至少要爭取思考的時間，最好還能有檢查屍體的機會。所以，她深吸一口氣。有時候談判就是靠態度。

「好吧，」她說。「讓我們進行正確的處置。把登板鉤拿過來，準備拖走屍體。」

「拖走屍體？」其中一名水手問。「我們總不會想把殼拿去賣錢吧？」

「當然不是。」芮心說。「你以爲我那麼貪小便宜？我們是要好好安葬這隻生物。如果這就是牠的心願，我們會留下殼並獻給女王做爲幸運的象徵。我們出現在這裡非常幸運，因爲如此一來，牠的遺體就能接受適當的火葬。」

「……幸運？」其雷德問。

「當然。」芮心說。她早已訓練自己坐在一群站立的人之中時不要去感受威脅。但當有這麼多充滿懷疑——甚至是憤怒——的目光盯著她看時，還是很難無視心底那股不安。

態度，她提醒自己。如果連妳自己都不相信商品值得賣這個價錢，妳就永遠不可能賣出去。

「有人殺了這隻可憐的動物，」芮心繼續說。「看看屍體側邊的傷口。」

「厄運，」一名水手說。「殺死山提德會帶來極度厄運。」

「牠不是我們殺的，」芮心說。「是其他人幹的，他們會因此蒙受厄運。我們則很幸運，遇見了這隻動物，因此知曉牠的命運——以及能夠照料牠的遺體。」

「我們不該碰山提德屍體。」其雷德雙手抱胸說。

「我在賽勒那城裡看過展示的山提德殼，」芮心說。「海軍學院裡就有一個！」

「那些不是被惡意殺害的，」其雷德說。「再說，它們是被沖到岸上，自己出現在那裡的。」

「這一個也一樣，」芮心說。「它是自己出現在我們面前的。海洋有多寬廣？但我們卻遇見了這個相較之下如此渺小的屍體？毫無疑問，正是這隻山提德的魂魄領我們來到這裡，好讓我們能發現並照料牠的遺體。」她仔細打量，彷彿是第一次思考這件事。「這是個吉兆。牠自己來到我們身邊，證明我們足以被信任。」

她藏起心中的不安，深知自己的理論充滿漏洞，輕易就會沉沒。她打從心底反對迷信，現在卻又依靠迷信來說服眾人？

不管如何，看起來似乎有效果，幾名水手隨之點頭了。這就是預兆的本質——一切都是捏造出來的。那只是自朦朧之中想像而出的信號。所以，何不將它塑造成具有正面意義的樣貌？

「每當有山提德被沖上岸時，我們都說那是個好預兆，」一個男人說。「這有什麼不同？」

「我們需要把消息傳開，」另一人說。「說有人在外面獵殺山提德獸。牠希望我們找到牠，才能把訊息傳出去。」

「我們要勾住屍體，」芮心重複。「然後把它拖到岸邊。」

「不，」人群中有好幾個聲音——但她看不清楚是誰在講話。「那會帶來厄運！」

「如果這是厄運，」芮心說。「那在它碰到船殼時就已經染上我們了。我會說，現在能做的最佳行動就是好好照顧牠的遺體。把身體燒掉，殼則留在附近的小島上。返航時先去港口買些浮筒，再把它拖回賽勒那城。這就是山提德想要的：讓我們留下殼，以示牠對我們的尊重。」

船員陷入一片沉默。芮心曾參與過許多緊繃的談判，此刻仍然不由得屏住呼吸，心臟怦怦狂跳，彷彿她的體內關著一個颶風。

「我想，」船長終於說。「我確實感到這是個吉兆。我一直都想在外海遇見山提德。我燒過祈禱文，希望總有一天會有一隻來到我眼前。這隻生物的魂魄一定知道這點。」

「是啊，」另一名水手說。「你們有注意到它都沒發臭嗎？屍體腐爛成這樣應該要很臭才對，但我連一隻腐靈也沒看到。這是個好兆頭。牠希望我們靠近一點。」

「去拿鉤子，」船長說。「如果牠的靈魂還未安息，我可不希望牠認爲我們決定無視牠最後的願望！」

所幸，水手們聽從了她的命令。芮心給了他們開脫厄運的方法，而船長則進一步強化了那一點。這樣就足夠了。有些人去拿連著繩索的鉤子，那是用來串聯流浪帆號與敵艦用的。其他人則回到崗位上協助維持船的位置，以免漂離屍體太遠。

船長依舊站在芮心的椅子旁，直挺、驕傲、一切盡在掌控的模樣。芮心學過以類似的方式展現自己，但還是不禁有點嫉妒她能夠單純站在那裡就好。如果妳沒有比周圍的人矮上數呎，想要展現控制與自信就簡單得多了。

「謝謝妳。」芮心對她說。

「我們接受了女王的詔令要完成這項任務，」船長說。「如果我擔憂會失去船，就會下令返航。但我絕不會輕易這麼做。」

「妳眞的相信我說的話？說這是個好預兆？」

「我相信有熱忱的人會創造自己的好運。」這不太算是個答案。身爲一個宗教，烈情相信只要你想要一件事物，就能夠改變命運，將其吸引到你身邊。對許多賽勒那人來說，迷信與自信就如同一條繩索的纖維般交纏在一起。

「不論如何，還是謝謝妳。」芮心說。

「就目前來說，我相信您想繼續前進的決心，瑞伯思。」德宛船長在水手帶回鉤子時說。「但請注意，這組船員對我來說很珍貴。如果這項任務情況變糟，我是不會輕易浪費他們性命的。」如果這些惡兆成眞了的話，這是她沒說出口的話。

芮心點頭向後靠坐，憂慮地看著水手拋繩試圖勾住山提德的身體。如果他們沒辦法成功，就有人必須爬下船，然後——

水手尖叫，抛下繩子向後退開，就好像繩子突然著了火一樣。芮心一驚，趕緊抓住欄杆再次向下看。難道山提德還活著嗎？牠正在動，但更像是在波動或抖動……

牠在分解。

就在她的眼前，山提德分離成數百個竄動的碎塊。克姆林蟲——像人類拇指般大小的甲殼動物——成群散入海中。芮心實在難以理解自己看到了什麼。是鉤子驚擾到正在吃山提德屍體的動物嗎？但數量實在是太多了，而且整具屍體都在分解，就連殼也不例外。

颶風的。那就好像……就好像整具屍體都是由克姆林蟲組成的。或者說是汐林蟲，這是海生種的通稱。水面翻攪起泡沫，沒一會兒山提德就一點也不剩了。就連先前感覺在瞪著她的眼球都分離成好幾隻汐林蟲，牠們翻到背面，露出腳與甲殼，然後游向了深海。

第9章

當天晚上，芮心一個小海灣內，坐看營火將煙霧送往天上的寧靜廳。冰涼的空氣隨著風向變化，交替傳來海水和煙霧的氣味。

她把披肩拉得更緊一些。她似乎比其他人更怕冷，但今晚她並沒有請尼柯力讓她靠近營火一些。她需要獨處。所以她留在椅子上，距離其他人大約二、三十呎遠。

她聽著洛奔對水手講故事。幸好，他努力鼓舞士氣的舉動似乎奏效了。諮詢過船長後，芮心下令靠岸燃燒祈禱文以紀念山提德。他們開了幾桶賽勒那啤酒，可絨則是在煮燉菜。他們的努力加總起來，看來是成功安撫了船員。

但在今晚的表面下，潛伏著名爲困惑的暗流。所有人似乎都和芮心一樣毫無頭緒。這算是哪種預兆？出現一具屍體，然後又消失了？再說了，那到底是不是屍體？

尼柯力坐在附近，嘰哩嘰哩在芮心身旁的地面上昏睡著。這隻拉金的狀況似乎越來越差了。牠越睡越多，卻越吃越少。每次想到這點，芮心的心都爲之顫抖。

她的信蘆終於開始閃爍。她抓起信蘆、架好紙筆，讓它開始書寫。

我有答案可以告訴妳，筆寫著。從筆跡看來，弗廷是請他的姪女查潤代筆。雅烈席人的確對妳我藏著祕密，但芬恩女王知道實情。雖然娜凡妮王后告訴妳的所有事都是眞的，但其實她委託這趟遠征是爲了另一項更重要的理由：有一座誓門位於阿奇那。

芮心又讀了一次文字，消化其中的含義。誓門。她沒有研究過它們所在的地點。也許她早該這麼做的。

爲什麼艾米亞有誓門？她問。那裡不是在再創之日前就已是一片荒蕪了嗎？

不。弗廷透過他的姪女回應。清滅是之後才發生的，而兩個事件都太古老，沒人知道詳情。看來那裡的首都就像賽勒那城或亞西米爾一樣建有誓門。娜凡妮王后的小隊上船的目的正是要調查當地誓門的狀態。

然後開啓它？芮心回寫。

我想他們還沒確定要不要開啓它。要鞏固艾米亞——或者具體一點，阿奇那——會需要大量的軍力。目前，王后只是想要資訊。那裡眞的有誓門嗎？有沒有被敵人調查過的痕跡？島嶼上的環境能夠居住嗎？

所以，尼柯力說得沒錯，燦軍的確瞞著她一些事。至少他們的祕密挺無害的。那我問的另一件事呢，巴伯思？

關於那件事，我就沒什麼進展了。他回應。妳所說的會分解的山提德，我問到的每名學者都不知該作何感想。不過那聽起來的確有點像古老故事中提到的艾米亞人。

傳說他們能夠卸下手腳？芮心寫。我在出意外的那次遠征遇見過一名艾米亞人。他跟我們看到的東西感覺很不一樣。

沒錯，弗廷述寫。我向加絲娜・科林女王提到了妳寫給我的內容，她覺得非常有意思。她說以前曾經有兩種艾米亞人。一種是我們現在看到的，他們少數遷移到了羅沙大陸，與常人一起生活。

另一種嘛……她唸了一個老故事給我聽，內容是關於一種由成群的克姆林蟲所組成的怪物。牠們會在房屋閣樓生長，接著吞噬掉居民。她說她以前覺得這個故事只是幻想，就跟賽勒那神話裡的暗舞者或海巫一樣只是虛構的。但她最近開始聽到許多類似的報告，而且來源都很可信，因此她建議務必謹慎行事。

如果她能找到更多資訊，我會很感激，芮心寫。如果這是我們遇到的唯一怪事，我就不會這麼糾結了。但加上我提到的其他事情，巴伯思，感覺有某種規律。我猜船上有人想要刻意嚇唬我的船員。而且比起古老的傳說，事情可能有其他更合理的解釋。

怎麼做？弗廷述寫。打算阻擾任務的人要怎麼樣才能創造出山提德的屍體？

你還記得我六個月前遇到的事嗎？芮心寫。就在賽勒那城之戰前？如果這也是用類似的能力創造出來的呢？

敵方的織光師。弗廷述寫。妳在想也許有人創造了山提德屍體的幻象。但是你們沒有返航，反而想拖走屍體，於是他慌了。

正是如此，芮心寫。所以他讓幻象分解成克姆林蟲，以此掩蓋他的所作所爲。

如果是這樣，他述寫回應，不就代表敵方的織光師很接近？可能就在船上？

芮心沒有回應。那正是代表這個意思——不過她承認自己對封波師能力的細節或施展距離並沒有太多了解。

我這裡有一支通往加絲娜女王的信蘆，弗廷述寫。稍等一下。我要告訴她妳的理論。我先前提醒過他們會把關於誓門的資訊告訴妳，更清楚表明不喜歡我的朋友在不知道完整細節的情況下就被派去執行危險的任務。

芮心盯著紙頁。朋友？他是她的師傅、她的恩師。說實話，也是她的偶像。她現在眞的成長到讓他視爲朋友了嗎？不知爲何，這番話讓她眼眶一陣溼潤。

好了，弗廷繼續述寫，渾然不知他的一個詞語對她有多大的影響。加絲娜女王認同妳的理論。她寫道：「當然了，她的觀察非常敏銳。我早該想到這個可能性。我們對這些能力的認識還太新，以致時常忽視了各種可能性。請替我稱讚你的船主，並警告她敵方的織光師很有可能是幕後黑手。告訴她如果船上眞的有敵人，她的任務就更加重要了，因爲這代表敵方想要阻止我們調查阿奇那。」以這位女士來說，我想這番話算是非常高的評價，芮心。

等筆停下書寫後，芮心回應。畢竟，我幾個月前差點死在敵方的織光師手上。我會想到他們不是因爲我很聰明，純粹只是自我保護的直覺罷了。

是啊，弗廷述寫。芮心……也許派妳去執行這項任務並不明智。我越想越覺得，我們應該派出一整支艦隊才對，而不只是單單一艘船。

我們有空閒的艦隊嗎？芮心寫。雖然她已經知道答案了。帕胥人轉化爲引虛者讓海軍受到了重大的打擊，大部分剩餘的船艦都有至關重要的任務，例如護衛運兵船，或是防止賽勒那城遭受圍堵。所以答案是否定的，沒有艦隊能夠進行這趟遠征。

信蘆沒有回應，芮心看向身旁睡在石頭上的嘰哩嘰哩。巴伯思，你訓練了我該如何完成既困難又偏遠的工作。你讓一個自私的小孩成長爲成熟的女子，現在她已準備好發揮自身的專業。我能做到的。

事。

我毫不懷疑妳能做得到，弗廷述寫回覆，但我不想要妳替我工作時又出了什麼事。

她看向寫字板下麻木的雙腿。我會小心的，芮心寫。你爲我做的已經太多了。

那就再見了，弗廷述寫。我信任妳的判斷，不過請理解，如果妳認爲返航是正確決定，妳就該這麼做——其他人的意見都無關緊要。妳必須靠自身的智慧來領導這項任務。

如果船員們也對她這麼有信心就好了。她向弗廷道別，然後收起信蘆。在那之後，她望向夜空尋找星靈，海浪輕柔的拍打聲傳入耳中。在她與巴伯思最初的幾趟旅程中，她因爲沒辦法參與大戶之間的交易和派對而生悶氣；她太過自我中心，以至於完全沒注意到周遭的美麗。星空在上，海風徐徐，海洋的絮語呼喚著她投入它的懷抱。

她身旁傳來小聲的呼氣聲，尼柯力站起來伸展身子後走近。「光主，」他說。「聽起來食物已經準備好了。我很好奇可絨的燉菜有沒有我做的好吃。我要過去拿一些，要我也幫您帶一碗嗎？」

「再過一下吧。」芮心望著海洋，小小的浪靈長著大眼睛，有著光滑的表皮與四隻腳，它們隨著浮沫登上沙灘，又快速地逃回海中。「你的村子在……奧姆，對吧？」

「是的，光主。」他說，「在內陸，靠近山邊。」

「距離艾米亞並不遠。當地有任何關於艾米亞的傳說或故事嗎？」

尼柯力在座椅旁的一顆大石頭上坐下。「有的。很多清滅的倖存者就安頓在附近。」

「他們有藍指甲嗎？」芮心問。「還有閃亮的藍眼睛？」

「不，艾米亞上也住著一般人，」尼柯力說。「他們會把鬍子綁成奇怪的造型，就是在使丁很盛行的那種樣子。」

「喔。」她說。「他們跟你們說了什麼？關於清滅，或是他們故鄉的事？」

「光主……清滅是很久很久以前的事情了。我們知道的僅限於世世代代流傳下來的歌曲和傳說故事。我不確定那對您有什麼用處。」

「我還是想聽聽看，」芮心說。「如果你願意分享的話。」

他盯著海浪一段時間。「清滅的發生，」他終於開口。「是因爲燦軍殞落了。艾米亞一直以來都……不一樣。住在那裡的人不一樣。他們和燦軍很親近，但也許是藏有太多祕密了。他們以爲祕密能夠保護自己，然而盟友卻殞落了。祕密是沒辦法拿得起劍的。

「他們突然變得孤單無助，卻依舊擁有莫大的財富。剩下的只是時間問題。也許有些入侵者是眞的對艾米亞的異常感到害怕，但其他人眼中只有財寶，例如法器，或是可以阻擋碎甲、吸乾颶光的生物。」他猶豫了一下，目光專注在嘰哩嘰哩身上。「我的意思是……傳說是這麼說的。在遇見您之前，我並不是很相信裡面的內容。」

「太有趣了，」芮心拿出一張新的白紙，開始記錄他說的話。「全世界的學者都只敢小聲地討論艾米亞。但我在想，他們有沒有去訪問過你們呢？」

「我很確定他們訪談過倖存者，」他低著頭說。「而且島上有些長生不老的人現在依然遊蕩在世界上。關於這個主題，我實在算不上是可靠的資訊來源，光主。」

「話是這麼說，」她說。「但到底發生什麼事了？艾米亞是怎麼被清滅的？」

「我不確定我有限的知識能有什麼用處……」

「拜託。」芮心說。

他繼續盯著海浪。一隻特別勇敢的浪靈沿著岩灘一路爬到他們腳邊，才又回頭逃入海中。

「艾米亞不該存在的，光主。」尼柯力說。「那個地方……嗯，那裡本該一直像現在這樣才對。一片荒蕪。冷到植物無法生長。那裡不像賽勒那有宜人的暖流經過。

「但是古代艾米亞人知道如何將那裡變得富饒、充滿生命。有……一些故事裡說是神奇的裝置使艾米亞從荒地變成了天堂。我猜那裡應該很漂亮。我在聽故事時一直是這麼想像的。然而……」

「然而？」芮心鼓勵他繼續說。

「嗯，攻打艾米亞的人很快就發現，摧毀這些裝置會對當地造成災難性的後果。」他聳肩。「我知道的就這麼多。沒有了這些……法器，我猜大概是吧？這座島無法支撐起一整個國家的生存。

「很多人死於戰爭中，其他人則逃走了。那裡又一直都被奇怪的風暴所籠罩，所以就變得無法居住了。那裡被搜括殆盡、棄之不顧，倖存下來的人在我們附近住了下來，為他們被毀滅的天堂而啜泣。」

他語調中的沉沉憂鬱，讓芮心把目光從筆記上移向他。他看向她，接著便告退去拿食物。芮心看著他走遠，一邊用筆輕點著紙張。令人好奇……

石頭上的腳步聲讓她再次抬頭，發現有個背對著營火的人影走近。是食角女子可絨，她拿著一碗燉菜。

「燉菜。」她用雅烈席語解釋，示意要拿給芮心。「我做。試試看？」

芮心接下碗，溫暖透過木頭傳來手心。很好吃。這是魚肉燉菜，但加了特殊的綜合香料。芮心已經習慣這名食角女子做的食物都帶有這些香味，有她在船上，船員們肯定很開心；和前一個廚子相比，她的料理明顯好吃很多。

芮心安靜地吃著燉菜，可絨在她身旁的石頭上坐下。「船長？」可絨問。

「我不是船長。」芮心和善地說。

「對。我忘記字。」可絨說。「但是……光主，我們看的東西。屍體變克姆林蟲？我知道這個東西。」

「妳知道？」

「在山上，」可絨說。「我們有很多神。有一些……我說這個東西是……啊！這些字！為什麼沒人說對的話？」

「食角人山峰在賈．克維德，對吧？」芮心改用費德語說。「如果妳覺得比較好的話，我們可以這樣對談。」

可絨的眼睛圓睜，一個讚嘆靈像藍色菸圈般在她身後爆發。「妳會說費德語？」

「當然，」芮心說。「這——」她阻止自己脫口說出費德語和雅烈席語很接近，會講一種就很容易學會另一種。容易是個相對的概念，而近來芮心深知對一個人來說很容易的事，對另一人來說卻可能很困難。「這是我身為商主所受到的其中一環訓練。我會雅烈席語、費德語、亞西須語，甚至還有一點依瑞雅利語。」

「喔，馬拉利尼卡，」可絨握住她的手。「終於有人會講正常的語言了。眞希望我早點知道。聽著。我們看到的那隻生物？死掉的山提德？那是一個神，芮心不是船長。一個強大的神。」

「有意思，」芮心說。「是什麼樣的神？」

「我的同胞很了解眾神。」可絨殷切地快速說著。「有的神你們叫作靈，有的神長得和人一樣，但有的神……有的神兩者都不是。我們遇見的這種叫作不眠之神。」

「祂們會躲在閣樓嗎？」芮心說。「會吞噬房子裡的居民？」

「吐利依堤那，空氣病低地人亂講話。聽著。祂們是一群蟲子組成的，但整群蟲子都共享同一個意識。祂們有來過我們的土地，每次都是一群克姆林蟲。祂們不邪惡，但是極度神祕。」

「我很感謝這項資訊，」芮心思考著。「妳可以告訴我更多關於這些不睡覺的神的資訊嗎？」

「也許，」可絨說。「我知道低地人不會聽我們的故事，也不覺得那是眞的，但請妳理解。這些神看守著寶物。強大、恐怖的寶物。」

「這部分聽起來滿振奮人心的。」芮心說。

「是的，但這些神非常危險，不是船長。他們和引領人找到寶藏的阿帕利奇托寇亞阿有關……故事裡還有提到試煉。考驗。」

「妳覺得我們該怎麼做？回頭嗎？」

「我……不知道，」可絨絞著手。「我沒有這種經驗。如果我能寫信給我父親，他可能會知道比較多。」

「他在哪裡？」芮心說。「如果對連絡上他有幫助的話，我可以讓妳使用我的信蘆。不管乍看之下有多不重要，我需要所有妳能找到的相關資訊。」

「我父親在兀瑞席魯，」可絨再次握住她的手。「謝謝妳。沒錯，那有幫助。他——」她突然停下，看向天空。

「可絨？」瑞心問。

「靈，」她說。「在天上。」

「我什麼都沒看到，」芮心皺眉向上看。「有星星在動嗎？」

「不，不是星靈，」可絨說，「是阿帕利奇托寇亞阿。洛奔叫它運氣靈。」她皺眉。「它們在天上盤旋，不斷飛往海面的方向，接著又繞回來。它們不喜歡我們耽擱時間。它們希望我們繼續旅程。」

「等一下，」芮心說。「我以前看過運氣靈和天鰻一起飛行，但現在天上一隻都沒有啊。」

「喔！」可絨說。「妳不知道嗎？我看得見靈，就算它們不想被看見也一樣。這是種天賦，賜予我的家人，還有其他一些親戚。」她用手指著。「我總共算到有十二隻運氣靈。」

「眞有趣，」芮心說。「這就是爲何燦軍帶妳一起來的緣故嗎？」

「嗯，」可絨說。「我想還因爲洛奔要博取我的好感？也許吧？總之是這樣沒錯。我本來有點不確定，但被說服了。燦軍和露舒希望我負責觀察可能與艾米亞有關的靈，所以我就來了。」她微笑。「妳不知道終於能這樣說話到底有多棒。」

好吧，又釐清了一個謎團。可絨在這裡的理由眞相大白了。但芮心不理解爲何燦軍要守著這些祕密——除了他們替雅烈席卡工作以外。看起來保密是他們的基本行事準則。

妳也和賽勒那公會合作，芮心提醒自己。雅烈席人不是唯一把資訊當成武器的人。

「可絨，」一個想法出現在她腦中。「妳能夠分辨出藏在幻象中的人嗎？也許他不是人，卻用織光術僞裝成人？」

「我……應該沒辦法，」可絨再次瞥向天空。「我們一定要繼續旅程，不是船長光主。這些靈不是高等神，但很接近了。它們要我們前進。但我們一定要小心……」

營火邊傳來一陣呼叫，輝歐揮手要可絨回去——他正替她顧著燉菜——她因此告退趕緊跑回去。芮心攪著碗裡的食物，放入口中，卻突然無法享受其中的風味。

以某種奇怪的角度來說，她感覺自己被困住了。困在對自己的期待、以及擔憂目前狀況已超出自身能力所及的想法之間。她是爲了要證明自己，所以才頑固地堅持下去，導致眾人陷入危險嗎？弗廷感覺正好在錯誤的時間去當官了。他的水手需要他，而芮心無法好好承接他的工作。

她也很擔心嘰哩嘰哩。但讓這麼多人陷入危險，只爲了拯救一隻動物，這樣做對嗎？雅烈席卡女王和可絨都鼓勵她繼續前進，但要對流浪帆號船員人身安全負責的並不是她們，是芮心。

她需要照顧他們。就算他們不信任她、不敬重她也一樣。她必須成爲弗廷認爲她是的那個女人。無論如何。

洛奔、輝歐與露舒離開營火走向她，中斷了她的反思。今晚到目前爲止，坐遠一點並沒有讓她達成想獨處的目標。

芮心藏起自我懷疑，戴起貿易商人的面具，點頭歡迎他們。他們接近時正以雅烈席語低聲說話。

「他還是很內疚，」洛奔正說著。「但我很擔心這個狀況。『輝歐啊，』我告訴他，『你每次做三明治的時候，都會不小心把麵包夾在中間呢。你要怎麼把法器恢復原狀啊？』」

「眞的，」輝歐承認。「中間麵包好吃。」

「你的手指會溼掉耶！」洛奔說。

「溼掉手指好吃。」輝歐說。

露舒不理會他們，在芮心的椅子旁蹲下。

這是她比較舒適的一張椅子，上面鋪著軟墊，也比輪椅稍寬一點。椅子夠大也足夠堅固，足以讓露舒從椅子下看到另一邊。

「如果您不介意的話。」執徒沒等她回應就鑽進椅子底下開始作業。

芮心一陣臉紅，將裙子緊壓在腿上。她會介意。一般人並不了解芮心有多麼將椅子視爲身體的一部分。把玩她的椅子就像是在觸碰她的身體。

「事實上，」芮心說。「我希望妳先問過我，露舒執徒。」

「我問了……」

「提問，然後等我回應。」

露舒愣住，接著從椅子底下鑽出。「啊。我道歉。娜凡妮光主的確告誡過我有時候舉動輕率。」她跪坐起來。「我想在您的椅子上做一些嘗試。和法器有關的。請問我可以繼續嗎？」

「可以。」芮心說。

露舒往前靠，繼續她的作業。尼柯力靠近，用眼神詢問芮心是否需要幫助。芮心搖搖頭。還不需要。

「露舒執徒？」洛奔問。「我不禁注意到，妳還沒向芮心光主或我解釋妳打算做什麼。」

「你說的話已經抵得上我們兩人份了，洛奔。」露舒回應。

「哈！」輝歐說。

洛奔咧嘴一笑，將一隻手放在頭頂。「人得把所有話都試過一遍啊，姐仔。這樣才能知道哪些組合比較好，哪些比較差。」

露舒在芮心下方某處咕噥一聲回應。

「話就像是食物，」洛奔坐在附近的石頭上。「你必須全部嚐過一次。而且食物也會隨時間變化，你知道吧。吃起來的味道。說起來的意思。」

「改變的是人，」露舒說。「是你的口味變了，不是食物變了。」

「不是啦，是食物。」洛奔說。「因爲我還是我啊，妳看。我一直都是我。這是我唯一知道的事情——我就是我。所以如果有東西的味道變了，我唯一能確定的結論就是它嚐起來不一樣，對吧？所以改變的是食物。」

「嗯哼，」露舒說。「……洛奔？」

「怎麼啦，姐仔？」

「你……請別人讀了庇里亞底斯的《內省論》給你聽嗎？」

「沒，」洛奔說。「怎麼了？」

「因爲你剛剛聽起來就像在擁護……」

「擁護？」他說。「我還沒結婚呢，姐仔。我懷疑因爲洛奔實在太大——現在可是至少又多了一隻手臂——所以女士們擁不來了。」

「算了，」露舒說。「芮心光主，我確實該先好好解釋的，我爲此道歉。事情是這樣的，我今天發現了一件令人震驚的事。」

「是在我們看到山提德的時候嗎？」芮心問。

「嗯？喔，不是，我那時候在小睡。不，今天早上這兩個逐風師偷拿了我的信蘆去玩。」

「更正一下，」洛奔說。「是輝歐拿去玩。我是負責任的那個表親，負責在他弄壞東西的時候嘲笑他。」

「是這樣啊，」露舒說。「所以，這項天才的發現要全部歸功給輝歐囉。」

「全部都是他……」洛奔停頓。「天才？」

「天才？」輝歐問。

「他把一點鋁箔留在裝置內部了，」露舒說。「結果以一種非常迷人的方式干擾了結合寶石。」她從芮心的椅子下退出，站起身向遠處揮手。

芮心的椅子震了一下。

「喔！」露舒說。「我也應該要預先提起這件事，對不對？娜凡妮一定會對我很生氣。這些寶石連結到船錨及鍊條——別擔心，不是主錨！我們可不想把妳送去平流層。看看那邊的那棵樹，有看到嗎？我請水手去拿了一個比較小的錨，然後用繩索掛在樹枝上。」

遠處，一名水手在對他們揮手。芮心可以看見附近的樹上掛了一個錨。露舒往天上指，接著水手對繩子做了些什麼——

芮心的椅子立刻升到兩呎高的半空中。她大叫一聲，雙手馬上緊抓住扶手。旁邊石頭上的嘰哩嘰哩終於醒過來，抬起頭啼叫。

「感覺很不穩，」芮心說。「這樣搖晃是正常的嗎？」

「不正常，」露舒面露笑容。「輝歐，你想通自己做了什麼嗎？」

「它……搖晃？」他接著睜大眼睛。「它搖晃！搖晃——左右晃！」他用芮心聽不懂的賀達熙語驚叫，接著抓住露舒的手，幾乎無法控制自身的興奮。

洛奔坐著，雙手抱胸。「有人能跟我解釋一下搖晃有什麼好開心的嗎？」他扭動自己的屁股。「不過，看起來確實是挺有趣的。獨一無二的洛奔認可了搖晃。」

「我能碰妳的椅子嗎，光主？」露舒問。「稍微把妳往旁邊推？」

「動手吧。」芮心說。

露舒輕推芮心的椅子——而它移動了，她往側邊飄了數呎。

「這應該不可能的！」芮心說。「妳說——」

「沒錯，」露舒說。「結合紅寶石理當要完美對應另一半的動作。要讓妳左移兩呎，我們應該要把錨右移兩呎才對——但沒人這麼做。」

芮心浮在空中，試著搞清楚這代表的意義。

輝歐以賀達熙語說了什麼，將一隻手放在頭頂。兩隻驚嘆靈接連在他身後爆發。「這改變……所有事。」

「嗯，也許不是所有事啦，」露舒說。「但沒錯，這至關重要。芮心，鋁干擾了結合效應，使其變得不平均了。這一對紅寶石依舊會傳遞垂直運動，但不會傳遞水平運動，所以妳會隨著錨的位置上下移動，卻可以依妳的意思往任意水平方向移動。」

「我需要一根桿子，」芮心揮著手。「看看我能不能自己辦到。」

洛奔在附近的落枝堆裡替她找了一根枝幹。她用樹枝穩住自己，接著——咬著嘴唇——她用力推石面。

成功了。她在空中移動了數呎，就好像她駕著單舟在水面上滑行那樣。她必須用樹枝停下自己，因爲在她開始移動後，只有空氣阻力能稍微減緩她的速度而已。

她試著轉過椅子，但它抵抗旋轉。她多花了點力氣，還是成功地用桿子將自己推回原位。

「嗯，」露舒說。「妳得旋轉錨才有辦法轉向。在這個架構中旋轉運動還是結合在一起的；也許我們可以對鋁多做點實驗，看看能不能改善這點。不論如何，這已經是非常驚人的進展了。」

「妳的意思是說，」獨一無二的洛奔站起身。「藉由弄壞妳的法器，輝歐同時也改善了它？」

「純粹靠運氣而發現的科學進步，比你想像的要多很多，洛奔燦軍。」露舒說。「這讓我不禁思考起我們不知道錯過了多少創新，只因我們在搜尋的是不同的東西，便忽略了成果。

「如果我沒有正在思索芮心光主的椅子，可能就不會理解輝歐燦軍做的事有什麼價值。正因她的困境引起我的興趣，所以當他把壞掉的信蘆交給我時，我才……光主？您還好嗎？」

他們一起看向芮心，在他們說話時，她幾乎已無法克制自己。她終於再也忍不住，眼淚倏地掉了下來。嘰哩嘰哩啼叫，向上跳躍，拍動翅膀讓自己的嘴巴咬住椅子。芮心一手抱起她，另一手則抓著樹枝。

「我很好，」她在眼淚與悅靈之間盡可能維持自尊地說。「我只是……」她該怎麼解釋？她感受到了兩年以來都不存在的自由。一般人總是昂首闊步，不必擔心自己成為別人的累贅。當一般人覺得自己打擾到他人而想離開時，從來都無需待在原地。他們不知道自己擁有什麼，芮心卻很清楚自己失去了什麼。

「嘿，」洛奔抓住扶手穩住椅子。「我敢說感覺一定很棒。這是妳應得的，大姥。」

「你怎麼能確定？」芮心說。「我們才認識對方幾個禮拜而已。」

「我看人很準的，」洛奔咧嘴笑。「再說，這是所有人都應得的。」他向她點頭，一個小小的風靈變成獨臂青年的形狀，在洛奔頭上飛著。或者……不，那不是風靈。是別的存在。

燦軍靈。這是第一次有燦軍靈出現在芮心眼前，而他以看似非常正式的方式向她鞠躬，接著他分出好幾個分身，全都在對她揮手。

「請原諒鹿艾，」洛奔說。「他有點怪怪的。」

「我……謝謝你，鹿艾。」她說。

「我現在要把寶石從椅子上拆下來，光主。」露舒說。「我們未來至少要用三顆來維持穩定，我想要把底座再加強一點。在那之後，我們還要想個辦法讓妳能夠命令船錨在船上某處上下移動，由妳自行決定是否需要懸浮。」

「是的，當然。」芮心抓緊嘰哩嘰哩，被迫回到平凡的地面，珍貴的寶石被奪走。她承受得住的。更好的未來就在眼前了。她看見了獨立，那實在太美了。就算她只能在甲板上沿著欄杆自由移動，依然是很大的進步。

而過去數月來以信蘆提供她眾多幫助的那些人？向她分享她們研發的器具，鼓勵她朝著獨立自主前進的人？她很快就能報答她們了。喔，颶風的她一定會。

「我想這代表我要失業了。」尼柯力走近說。

芮心爲他感到一股擔憂。「現在這只能讓我在船上移動，而且前提是如果真的成功。我想我還是會需要你強壯的雙臂一陣子，尼柯力。」

然而他在微笑。「沒什麼比失去這項工作更棒的了，芮心光主。」他低聲說，接著猶豫了一下。「這對所有人來說都是非常重要的發現。你們應該要盡快用信蘆將資訊傳遞出去。如此一來，即便這趟遠征出了什麼事，這項發現也不會因此失傳。」

「很明智的建議。」芮心望向逐漸暗下的營火。夜已深了，他們很快就需要回到船上過夜。今晚沒有颶風，身處不熟悉的地點時，在海上過夜會比在岸邊紮營來得安全。「事實上，露舒執徒，妳應該現在就通知其他人。請不要耽誤時間。」

芮心下令返回流浪帆號，所有人都開始收拾。露舒聽從命令，獨一無二的洛奔則是在向水手解釋剛剛發生的事。

尼柯力蹲在她的椅子旁。「光主，」他說。「我知道以我的位階不該僭越淺眸人的事務，但是……」

「說吧。」芮心說。

「您介意告訴我早些時候食角人所說的話嗎？」

「我們講到了靈，還有她的神明。怎麼了？」

「前幾天晚上，」他耳語著，「我偷聽到她說了一些可疑的話。她很希望遠征能夠繼續。她感覺太積極了，有哪裡怪怪的，就好像……我不知道，光主。就好像我們在步入某種陷阱。」

「我想你懷疑錯人了，尼柯力。」芮心說。

「也許吧，也許吧。」他點著頭。「但早先，她是警告您要謹慎一點呢？還是鼓勵您繼續前進？」

「她鼓勵我謹慎地繼續前進。」芮心說。「這一點，她和雅烈席卡的加絲娜女王、娜凡妮王后，還有芬恩女王都一致，大家都希望我們能成功。」

「但他們卻都藏著祕密、欺騙我們。」尼柯力說。「我知道我是無名小卒，光主，但如果我帶著食角人打算對我們不利的證據回來的話，您會同意有地方不對勁嗎？」

「我想會吧。」芮心說著皺起眉頭。尼柯力為什麼會如此擔心？不過……可絨的確是用只有她看得見的靈來當作芮心應該繼續前進的證據，而娜凡妮也確實向芮心隱瞞了一些事。至少已知事證有一項。或許還有更多？

但沒道理。可絨是和燦軍一起來的，他們信任她。為什麼娜凡妮要請求芮心執行這項任務，又要阻撓她？除非他們沒有她想像的這麼團結。

又除非……

這激起了她的懷疑。

「謝謝你，尼柯力。」她說。「你很明智，向我提醒了這些。」

「我擔心我們被他們當成傻子耍，光主。」他悄聲說。「我不喜歡被操縱執行燦軍的任務。也許我們應該回頭？」

「你先去取得證據。」芮心說。「至於現在，先不要告訴任何人你跟我說的話。」

第10章

芮心拉著船左側的欄杆前進，她的椅子浮在甲板上空一呎半的高度，平順地滑行著。她來到船頭，解開露舒與輝歐裝在椅子上的一個裝置。那是使用餐桌轉盤改裝的，讓椅子的上半部能夠旋轉，同時讓裝有寶石的底部維持在固定位置。

芮心轉身面對反方向，接著拉著欄杆回到一開始的位置。只要她開始移動，基本上就沒有阻力了，所以移動起來並不困難。但她還是會緊抓著欄杆，因爲她老是忍不住想像在船轉彎時，即便有著圍牆，她還是會不知怎麼就掉下船，漂浮在海面上。

她很快就來到尼柯力坐著的地方，他臉上鮮明的白色刺青隨著微笑而亮起來。「光主，您臉上的喜悅，」他的語調稍微帶著口音。「我不知道自己有沒有在任何人身上看過。」

她微笑，再次旋轉座椅，但這次她把座椅固定成背向海洋，好讓她能觀看水手們工作。船身隨著波浪起伏，座椅差點滑向一邊，她只好伸手抓住尼柯力穩住自己。

這個裝置還需要一些改善，讓她在靜止時能夠把座椅固定在欄杆上。不過她還是幾乎藏不住自己的興奮。露舒在桅杆上架設了一個負重，藉由結合紅寶石，芮心就能將自己抬到上甲板的高度。不幸的是，她沒辦法自己下降，因爲那必須把重物舉起來。即便如此，她還是享受了自意外發生以來最多的個人移動自由。

這感覺太美妙了。好到她忍不住又轉身，再次拉著自己往另一頭而去。她在途中發覺水手們在看她。是因為她奇特的飄浮座椅嗎？還是因為她在船邊動來動去，影響到他們的工作了？不過其中一人在她經過時對她點頭示意，另一人則對她舉起拳頭。

他們……在支持我，她意識到。在這當下，她終於對船員感到了一股親近感，有種互相理解的聯繫。什麼樣的人才會想在船上工作？渴望自由的人——沒辦法只聽命坐在原地，而是想親眼看見新事物的人。想要追逐地平線的人。

也許她想像得太多了，但不論原因為何，又有另一人在她經過時舉起拳頭。這個動作似乎推動著她越過甲板。她轉身再次移動回來，剛好注意到可絨來到主甲板上。

是時候了。芮心向尼柯力點頭，他溜進船艙。芮心準備要證實她的懷疑了；她試著不去想那會有多痛苦。

可絨站在船頭附近。芮心忽略雙臂因為不斷地拉動、停止而開始感到的痠痛，轉身拉著自己往那個方向去，最終飄浮在食角人女子身邊。

芮心的椅子讓她處於比平常坐著來得高一點的位置。如果這眞的有用，是否有一天，她能夠再次以眼睛直視其他站立的人？不再感到自己就像在一群成年人中間的孩童？

可絨盯著西北方看。過去幾天，他們已經看得見艾米亞了，那是一座狂風呼嘯的巨大島嶼，大小與賽勒那相仿。芮心從弗廷那裡得到一些額外的訊息——有關數世紀前的清滅，他們所知的所有資訊——那些內容與尼柯力告訴她的相符。艾米亞周遭的冰冷海水以及經常侵襲的風暴使這裡一片荒蕪，現今基本上是杳無人煙。

他們認爲是阿奇那的小島在海岸更過去一些的位置，但在地圖上沒有名稱。一直到最近，大部分學者都認爲那裡只是艾米亞周圍許多荒蕪小島之一，除了克姆泥與灰塵之外什麼都沒有。該區域時常有著小型風暴，再加上水面下難纏的岩石結構，讓這裡一直以來都沒什麼水手願意前往探索。

芮心已經看得見海平線上的烏雲，那是已經接近目的地的第一個象徵：他們認爲是阿奇那的地點籠罩著怪異的天氣型態。可絨盯著那些雲，手抓欄杆，長長的紅髮在身後隨風飄蕩。

「接下來可能會很危險，可絨。」芮心用費德語叮嚀。「流浪帆號很堅固，是船艦中的佼佼者，但在惡海上沒有任何一艘船是保證安全無虞的。」

「我知道。」可絨柔聲說。

「我們可以靠港。」芮心補充。「艾米亞主島上有個小哨站，我們的女王已派駐人手在那裡觀察附近海面有沒有引虛者的動向。我們可以停靠在那裡使用信蘆傳訊，還有放妳下船。」

「爲什麼……是我？」可絨問。「爲什麼要問我？」

「因爲我們先前的對話，讓我覺得妳是被迫參加這次遠征的。」芮心說。「我希望確保妳對繼續前進沒有意見。」

「我沒有被迫，」她說。「我只是有點猶豫，所以謝謝妳的關心。但我還是想繼續前進。」

芮心手抓欄杆，穩住自己，望向起伏的海洋還有不祥的雲層。「我能理解燦軍，他們被命令來執行這樣任務，就和我的水手們一樣。露舒對學術方面有興趣，而我是爲了嘰哩嘰哩而來。但妳不是燦軍，可絨。妳也不是士兵或學者。妳甚至不是雅烈席人。爲什麼要參加這麼危險的旅程？」

「他們需要能看得見靈的人，」她回答，望向天空。「今天有十五隻了……」

「我理解妳爲何會被派來，」芮心問。「但不能理解妳爲何願意來。聽起來有道理嗎？妳爲什麼想要加入我們，可絨？」

「我想它是一個好問題。」可絨倚靠在欄杆上。「妳是個商人，總是在尋找別人的動機，對吧？當我還住在山峰時，我喜歡我的家鄉。我的世界。我從沒想過要離開。但我離開了，爲了尋找我的父親。妳知道我找到什麼了嗎？」

「世界？」

「可怕的世界。」可絨說著瞇起眼睛。「它是個奇怪的地方。而我發現我喜歡它。」

「妳喜歡害怕？」

「不。我喜歡證明自己能夠在可怕的事情中生存下來。」她微笑。「但至於我爲什麼要來？這次遠征？爲了寶藏。」

「寶藏？」芮心回頭望了一眼，尼柯力還沒回來。「就這樣？」

「我們有關於阿奇那的故事，」可絨說。「那裡有很多寶藏。我想要其中一些。」

這感覺上是個很無趣的答案，但芮心也不能說很意外。財富的確是所有人共通的動機，這也是她自願當起學徒、想要成爲商主的原因之一。

但從這名高大的食角人女子口中聽到這種話，感覺……不太對。她看起來如此善於思考、如此獨立。對她來說這眞的就是所有理由？對金錢的渴望？

「嗯，」芮心說。「如果我們找到寶藏，那大家都會發財。」

可絨短促地點頭。她站在那裡，幾乎就像是船首像一樣。芮心再次回頭看，終於看見尼柯力偷偷登上階梯。他對上她的目光，接著急切地示意。

芮心告退，轉過座椅將自己拉向男人。他靠過來，從口袋裡拿出某樣東西。是一個小袋子。

「這是什麼？」芮心小聲問。

「黑毒葉，」他悄聲說。「一種致命的毒藥，處於最強毒性的狀態。我發現它藏在食角女人的行李裡。光主……我猜船上的寵物大概就是被這個毒死的。寵物死掉的時候，來自兀瑞席魯的隊員還沒上船，但他們前一晚確實已經在城裡了。」

「你怎麼能確定尖嘯是被這毒死的？」芮心問。

「我以前聽過這種毒藥。」尼柯力說。「據說被毒死的人皮膚會發黑，聽說他們發現可憐的尖嘯時，牠的皮膚都變色了。光主，一切都昭然若揭。燦軍在欺騙我們。他們爲什麼要阻撓這趟遠征？」

「到底爲什麼呢？」芮心悄聲說。她從口袋中拿出一條紅色小手帕開始揮舞。其雷德就在等待這個信號；他從上甲板衝下階梯，手搭著劍，身旁跟著他最棒的兩名士兵。洛奔與輝歐並沒有像平常那樣到遠處偵查，反而懸浮在船附近，兩人也降落到了甲板上。

「瑞伯思？」其雷德問她。「是時候了嗎？」

「是的，」芮心說。「拿下他。」

尼柯力連喊叫的時間都沒有，其雷德幾秒內就將他壓制在甲板上，用強韌的繩索綁住他的雙手。這番動靜引起了水手的注意，但兩名士兵揮手要他們回去工作；水手乖乖離開了，知道遲早會得到解釋。祕密在這種密閉空間裡藏不久的。

「什麼？」尼柯力語無倫次。「光主？妳在做什麼？我已經告訴妳誰是叛徒了！」

「沒錯，你說了。」芮心說。自從她確信尼柯力就是製造「預兆」的元兇後，她花了好幾天來準備這項計畫。但還是很痛苦。沉淪地獄的，他看似如此誠懇。

其雷德綁好了尼柯力，將他拉起，呈現跪姿。尼柯力看著她，下一句辯駁停在了口中，他似乎已經知道她不會相信他了。

「和我說過話的所有人之中，尼柯力，」她說。「只有你不斷嘗試說服我回頭。

當你發現我並不相信預兆後，就注意到我正在尋找幕後黑手，所以你就替我準備了一個。」

他沒有回應，只是低著頭。

「我昨天請其雷德徹底搜查過可絨的房間，她的行李之中並沒有這袋毒藥的蹤跡，」芮心說。「但你卻神奇地找到了，而且還對於怎麼用它來殺害船上寵物有著深入的見解。」

「我明白了，」尼柯力終於說。「看來妳學會了弗廷的所有教訓，光主。」

「被信任的人背叛所造成的痛苦難以言喻。」芮心低聲說。「但絕不能因為這樣就假設這種事不會發生。」

尼柯力更加垮下身子。

「尼柯力，為什麼？」芮心問。

「我……失敗了。我不會多說什麼，芮心，但我全心全意請求妳——回頭吧。」

「我能讓他開口，光主。」其雷德說。

「我向你保證，好武裝長，」尼柯力說——他的口音完全消失了。「不管你對我做出任何事，都得不到你想要的答案。」

獨一無二的洛奔燦軍走近。她並沒有向他透露全部計畫，但說的已足夠多了。她曾第一手感受過織光師煉魔的危險性。如果尼柯力是其中一員，她希望燦軍能準備好對抗他。

在她指示下，獨一無二的洛奔從上甲板的布窩裡抱起嘰哩嘰哩，然後將她交給芮心。其雷德起身，拉起被綁住的尼柯力。芮心將嘰哩嘰哩舉向他，拉金懶洋洋地叫了一聲。

「有東西嗎？」她問拉金。

嘰哩嘰哩發出喀喀聲，但沒有其他回應。芮心將她抱回並給她一顆錢球，幸好她有開始吃。

「我想他身上沒有颶光或虛光，」芮心對士兵們說。「但我無法完全確定。」她搔著嘰哩嘰哩甲殼與皮膚之間的接縫處。如果尼柯力是隱藏的敵方間諜，嘰哩嘰哩應該會把他的光吸乾才對。

在她命令下，其雷德派出兩名士兵去搜查尼柯力的所有物品。她仔細觀察著，然而被囚的男子並沒有展現引虛者的能力，他只是低下頭被綁著。

「告訴我，尼柯力，」芮心說。「當我們搜查你的行李時，我們會找到什麼？你毒殺了船上的寵物，又在穀物裡放蟲的證據嗎？」

尼柯力拒絕對上她的目光。

「你希望我回頭，」芮心說。「為什麼？還有你怎麼辦到山提德的把戲的？」

尼柯力沒有回應，她看向獨一無二的洛奔。

「沒有任何辦法可以分辨他是不是煉魔，大姥。」他解釋。「至少我是不知道啦。加絲娜女王，是啦，她是有辦法分辨。但在我和鹿艾看來，他看起來就是個普通人。割傷他也沒有用。一般歌者流血的顏色會很奇怪。但織光師？嗯，連那個都可以改變。」

「我們能請可絨檢視他嗎？」芮心問。「問她有沒有發現任何奇怪的靈？」

「可以試試看。」獨一無二的洛奔說完便離開去找人。不過芮心沒抱太大的期望。這一整段旅程，可絨都在這名男人附近，如果她能看見什麼特別的，早就應該要注意到了。

的確，在快速檢視後，可絨只是聳聳肩。「我沒看出什麼特別的。」她以費德語說。「我很抱歉。」

「我們也抓住了他的助手，光主，」其雷德小聲說。「以防萬一。」

「普藍瑞什麼都不知道。」尼柯力嘀咕說。

「我們該拿他怎麼辦？」其雷德說。

一般來說，她會把他關進監牢裡。普藍瑞也是，因爲她不確定能不能信任他。但她的船正在接近一處奇異的風暴，通過風暴之後，他們還要上島探索。這些事會占去船員所有的注意力。她眞的想讓一名可能是引虛者的人待在船上嗎？

不幸的是，如果他眞的是引虛者，處決他也沒什麼好處，他只需要在下次永颶來臨時再次占據另一具身體就好。如果他不是引虛者，她也想在任務結束後好好地審問他。

「可絨，」她說。「請過來一下。」芮心拉著自己到旁邊，可絨也靠近她。「如果他是妳說過的那種……神的手下，」芮心以費德語低聲說。「看守寶物的那種？有辦法可以分辨嗎？」

「我完全沒概念，」可絨柔聲說。「不眠之神非常強大。恐怖。不會死。沒辦法抓住。永恆、沒有身體、可以控制克姆林蟲和昆蟲。」

眞是太棒了。

「獨一無二的洛奔燦軍，」芮心呼叫。「你能和輝歐一起帶著我們的囚犯飛到艾米亞主島嗎？帶上一些鐐銬把他們鎖在容易被找到的位置，再給他們一些水和食物。我們把他們留在那裡，探索完阿奇那後再接他們回船上。」

「沒問題，大姥。」獨一無二的洛奔說。

這不是萬無一失的方法；她已經做好心理準備，當他們返航時尼柯力已經找到某種方法逃脫了。但至少他不會待在船上。不管他是引虛者、神明，或是普通的叛徒，感覺上這是保護船員的最佳方法。她會傳個訊息給賽勒那前哨站，告訴他們囚犯的位置。至少普藍瑞可能是無辜的。如果流浪帆號出事了，她可不想把他獨自永遠留在那裡。

一名水手拿來了鐐銬，芮心不自在地看著尼柯力與普藍瑞被帶著飛離。颶風的，難道她必須懷疑船上的每個人都可能是敵方的織光師嗎？

芮心唯一能做的事就是叫船長和其雷德探詢所有船員，尋找是否有舉動不正常的人。其雷德到上甲板去找德宛船長——她當然也事先得知芮心的計畫，也會負責向船員宣布發生的事。

最終，被派去搜查尼柯力行李的水手回來了。他們找到另一袋毒藥，還有一本令人好奇的食譜，裡面以亞西須文寫著注釋。

芮心翻閱食譜，發現裡頭記著類似這樣的筆記：「人類偏好多加一些鹽。」或是「煮的時間比想像中長，他們時常喜歡吃糊爛的食物。」還有寫在一道辛辣的菜譜上，最令人警覺的一段文字：「這會把味道蓋過去。」

這句代表的意義嚇壞了她。如果驅使他們回頭的嘗試都沒有成功，尼柯力難道會對整船人下毒嗎？更糟糕的是，這很合理——如果可絨被囚禁，他們就需要另一名廚子，而尼柯力向她吹噓過自己的廚藝。她可以看到在另一種可能性中，他被指派擔任船廚，其他所有人都在不知情之下吃入他的有毒餐點。

是時候多做一些預防措施了。也許在船員每次用餐之前，先用幾隻老鼠來試毒？

你到底是誰？她看著飛遠的人影心想。又爲何如此堅持不讓我們接近這座島嶼？

第11章

當船進入阿奇那周圍的風暴後，獨一無二的洛奔對賽勒那水手油然而生了一股新的敬意。

他這幾週都與他們一起吃飯、一起爬索具、一起刷甲板，或是晚上在吊床裡互相分享故事。他甚至還學會了一點賽勒那語。現在他住在一艘帆船上，心想打發時間的最好方式，肯定就是照著輝歐的榜樣，學習當一名水手。

洛奔聽過他們講起在海上遇到狂風暴雨的恐怖經驗。他們解釋船在風暴中是沒辦法航行的。你只能咬牙撐住，努力掌舵，試著在風暴結束前生存下來。他從他們的語調中聽出了恐懼，但沉淪地獄啊，當流浪帆號駛進怪異的風暴時，他感覺比那還糟糕上十倍。

沒錯，他曾在風暴中飛行過。他可是個逐風師。但這完全不同。狂風促使海水翻攪出無數白沫，他身體裡某種原始本能也隨之驚懼。黑暗的天空讓海面染上不祥的暗影，他也因此顫抖。他心底某處有個聲音說：「嘿，洛奔，這非常非常非常糟糕，滿查啊。」

鹿艾理所當然地面帶笑容體驗著這一切，他現在的樣子是一條長著人臉的天鰻，在洛奔頭周圍游動著。此時船開始像是小孩子浴缸裡的玩具般劇烈搖晃起來。

「洛奔！」圖沃姆喊叫，手裡抓一條繩索跑過來。「你會想進船艙去的，上面準備要溼透了！」

「我不會溶化的，赫哥！」洛奔喊了回去。

圖沃姆大笑出聲，繼續他的工作。圖沃姆是個好傢伙。他有六個女兒——六個耶——住在賽勒那城的家中。他吃飯總是嘴巴開開，但每次都會分享他的酒。

在他的警告下，洛奔抓緊欄杆。看見多數船帆都被拆下感覺很奇怪，船就好像沒有皮肉的骨架一樣。但這艘船確實很特別。不論有多少海水衝上甲板，法器幫浦理當都能讓船繼續漂浮。它還裝了用吸引法器做的穩定儀，那會移動船殼中的配重——太扯了，他們居然能把那個裝在船殼裡面，以避免船隻翻覆。

在船長的命令下，船伸出了船槳。那原本是在撞擊敵船前用來微調姿態的，但也能在大浪襲擊時用來讓船轉到正確方向。當天候變壞時，船會試著「逃過」風暴。那代表要隨著風前進，只是要以某種對洛奔來說太過技術性的方式執行。他當時還邊聽邊點頭，因爲那些話聽起來滿有趣的，尤其是來自醉漢的嘴裡。

不過他們這次不能只是逃過風暴。他們必須穿過風暴，抵達中心。所以他們隨著風暴繞行阿奇那，慢慢地轉向朝內靠近，一點一點地接近中心。他們需要維持在浪尖之前，這代表有時候會撞上前方的浪頭，而他們必須「迎面」穿過這些波浪；也就是筆直地駛入，利用船艏切開海浪。船槳能夠讓他們面對必要的方向。

只用一小片風暴帆加上幾名英勇的水手就去面對狂風，感覺是英雄般的舉動。剩下的人都在船艙中，負責划槳或是操作法器。洛奔不明白為什麼船帆不會害他們被吹得到處亂跑，但其他人都說那有用。他們也在船邊綁了一袋袋油，袋子上戳了洞讓油漏出——他們說這能避免過多海水濺上甲板。

船長牢牢地站著，對著狂風發號施令，讓船直接衝進這頭野獸的咽喉。寧靜廳在上，水手們全都堅毅果決地執行命令。

風速變得更快，把海水吹上洛奔的臉。輝歐不想上來，他說洛奔肯定是瘋了才堅持要待在甲板上。沒錯，冰水已經開始滲進他的內衣、刺痛他的皮膚。但颶他的，這景象太壯觀了。閃電讓海水看似變得閃爍、透明，接著又在衝上空中時揚起大量白沫。陸上的風暴景象很值得一看，但海上的風暴……這太雄偉了。同時也很恐怖。

「太厲害了！」洛奔抓著欄杆接近今天的舵手維克辛，旁邊還有另外三個人，隨時準備好幫助維克辛跟舵輪奮鬥以控制船舵。這在一般船上是很常見的方法，但這艘船安裝了輔助舵手的裝置，所以也許不用這些人協助。

「你還沒看到眞格的呢！」維克辛大喊。他和輝歐都是禿頭，讓洛奔覺得他的眉毛看起來特別好笑——尤其是溼透了的時候。但他吹口琴可厲害了。「我們可是被訓練過必要時可以在颶風裡面航行呢！我還眞的做過一次！海浪那是像山一樣高，洛奔！」

「哈！」洛奔說。「你才沒看過眞格的，我還看過颶風和永颶撞在一起，那時候岩石就像水一樣翻攪，一整塊岩石就這樣碎開，像海浪一樣互相撞在一起。我得跑上其中一面，再從另一面滑下去。我颶風的褲子都破了！」

「夠了！」船長的喊叫蓋過風聲。「我們沒時間讓你們兩個比誰厲害。維克辛，往左舷一個航點！」

船長看向洛奔，他向她敬禮——因爲他們是在她的船上，所以她的官階比那些官階比她大的人都還大。但他覺得船長是生下來就是軍官的那種人，從媽媽肚子出來時就帶著軍帽之類的。這種人並不了解，吹噓的重點不是讓自己看起來很厲害，而是要說服其他人你並不害怕，那可是完全不同的兩件事。

一道大浪湧過甲板，讓洛奔腳下一滑，但他抓緊了船尾欄杆。他渾身溼透，對著誓向他的維克辛微笑。海浪怎麼可能比這更大？他們已經乘上一些洛奔發誓陡到沒辦法航行的海浪了。他們接著從浪間高速衝過，就跟普尼歐喝一整晚酒後，穿過人群找廁所的速度一樣快。

洛奔在他們搖搖欲墜時高聲歡呼，船接著衝下海浪的另一邊。鹿艾變成一道光帶在他身邊盤旋，興奮地與風靈一起舞蹈，他們在海浪互擊時跟著水花一起衝向高空。這是很久以來他們最開心的一次了。

然後圖沃姆——那個剛才拿著繩索經過洛奔的人——被突如其來的浪打中、沖下了甲板。落入水中、黑暗深淵、被海洋擄去、纏絞於海面之下。

可不能讓這發生。

洛奔爆發光芒躍過欄杆，將自己捆向水面。他撞擊水面，汲取大量颶光，讓自己在黑暗的水下發出強光，映照出一個正在被水流拖走的掙扎人影。洛奔先前到海面上巡邏時，曾花了好幾天練習這個。捆術在水下依然管用。還有嘿，有了颶光誰還需要呼吸？

他將自己捆向黑影，鹿艾在一旁指引方向；他接著像是某種專門在水中移動的生物一樣輕鬆快速地穿過海水。或者說，就像魚一樣。那種生物叫作魚，對吧？

洛奔抓住掙扎人影的衣服，將兩人一起向上捆。鹿艾指出了方向——在黑暗的水下要分辨方位意外挺困難的。緊接著洛奔從海面破浪而出，帶著嗆水的圖沃姆。

鹿艾向前飛，領著他往船的方向去——幸好他還知道，因為在黑暗的風暴中，海面上的細節就跟洛奔自己的背後差不多一樣清楚。洛奔將圖沃姆拋過欄杆，讓他砰的一聲落在甲板上，接著他用捆術將男人黏在原地，避免他再次滑下船。

「颶風的！」芬肯趕忙過來幫助那名水手。芬肯有救護的背景，他和洛奔因為以前太常被叫去煮颶他的繃帶而混熟。「你怎麼……洛奔，你救了他！」

「我們就是做這個的。」洛奔說。

圖沃姆吐出一些水，接著不受控制地大笑起來，有如藍色葉子的悅靈在他周圍綻放，接著飛旋竄入空中。他抓住洛奔的手表達謝意。他舊的那隻手。他的橋四隊手，不是他的燦軍手。芬肯叫圖沃姆下去船艙休息——已經有人上來替代他的崗位了——所以洛奔解開他身上的捆術。颶風的，候補人員上來的速度可眞快。他們已經預料到會失去人手了。或是至少有先做準備。

不過，洛奔不會讓那發生的。你不會讓朋友隨便淹死在冰冷風暴中的無名海洋裡。這基本上是友誼的第一條規則。

他走回上甲板。船長和其他一些人身上綁著安全繩，但那些繩子太短了，對於要大範圍移動的其他水手來說並不適用。在這種風暴中，綁著長繩子的人如果被吹到船下，很容易被扯斷脖子，或是直接撞上船殼。相較之下，不綁繩子還有一點點生存的可能。

洛奔心想他最好還是特別注意船長一點。在她的同意下，他把她的一隻腳黏在甲板上，讓她保有一點活動空間，但仍舊有一隻穩定的腳可以仰賴。

「你一直以來都能這樣做？」船長問。「我剛剛還看到你站不穩！你隨著海浪在那裡滑來滑去的。爲什麼不把自己黏住？」

「那感覺沒有運動精神！」洛奔大喊著蓋過越來越響的風暴聲。「妳繼續讓我們前進，船長，我會顧著船員！」

她點頭，回去執行她的工作，以他們的方法盡力追逐著風。他只能信任她可以讓船保持螺旋的航向，穩定地向內陸前進。因爲他完全沒概念。海洋似乎成了沉淪地獄的化身，不斷製造出這些洶湧波浪。

洛奔留意著水手，但他請鹿艾留意其他東西。最終——在被海浪拍打一遍又一遍後——那名小榮譽靈以有著長尾巴的天鰻形象回到洛奔身邊。

「怎麼了，仔仔？」洛奔問。

鹿艾指向附近的水面，讓洛奔看見深水處有一個東西——至少有一團黑影。他很難判斷大小，因爲他不知道那東西有多深，但鹿艾很堅持。那就是會吞噬颶光的東西，之前來調查的逐風師就是遇上了這個。

「它在游泳嗎？」洛奔問，抬手擦掉眼睛裡的雨水。「你怎麼確定那是其中一個，仔仔？」

鹿艾就是知道。而洛奔相信他。他覺得鹿艾就是會知道這種事，如同洛奔就是知道獨臂賀達熙人的笑話。

雷頓和其他人對這東西沒辦法做出多少報告。他們認爲它是活物，而不是靈，但也無法確定。那東西要夠靠近才能吸收颶光，所以它應該沒辦法影響甲板上的洛奔。雷頓說它們隱藏在雲中盤旋，直到他轉彎——它們就從他身後接近，吸乾他的颶光。

他們和芮心的寵物是同一種生物嗎？海裡面這隻看起來大得多了，而且更黏糊一點？洛奔拯救其他船員時得更小心，如果那東西在他還在海裡時吸乾了他的颶光，事情就糟糕了。他就得學一些死賀達熙人的笑話在來世裡講了。

航行持續了很長、很糟糕的一段時間。洛奔整趟都警覺地觀察著，所以在烏弗藍失足的時候能夠很快行動，在他落下水前就已經出手，將兩人都黏在欄杆上，海水蓋過他們。他笑了一下，輕拍烏弗藍。但當他跪起身讓水流乾時，他注意到那個黑影就在船側。一直跟著他們。

他希望他能帶可絨上來看看附近有沒有奇怪的靈。但他不敢帶她進入風暴，那會——

船越過最後一道浪，風突然之間停歇。洛奔踉蹌地站起身，再次揉揉眼睛。附近的水手放鬆下來，鬆開抓握的繩索，不再繼續……嗯，某種跟風暴帆相關的水手工作。

「我們成功了！」克利辛說。「颶風的，這就像是颶風的中心搏！」一個驚嘆靈在他身邊爆發，洛奔也同意他的感受。狂風和惡浪在他們船後繞著大圓吹襲，天上依然有著烏雲，但船只穿過小小的波浪，航向前方一片平靜——就連水看起來都比較明亮，比他們進來前所看到的海面更像藍寶石。

「嘿，克利辛？」洛奔說。「你可以幫我找可絨上來嗎？我告訴她只要安全下來就去找她，但我得先去把船長從甲板上鬆開。我覺得她對被黏住的喜歡程度，大概跟普尼歐在我有靈，但他還沒有的那個禮拜差不多。」

「沒問題，洛奔。」克利辛用跑的離開。他是個好傢伙，玩牌搭檔的技巧不錯，還有很棒的幽默感。絕對不只是因爲他覺得洛奔的笑話很好笑。他還覺得輝歐的笑話很不好笑。

洛奔快步來到上甲板，在靠近船長與舵手時慢了下來。他們正望向海面遠處，遙遠的迷霧中顯露出某個景象。是一座島。

島的周圍都被巨大的岩石尖刺所包圍，彷彿有人在海上建了一面牆。然而刺牆有一處龐大的間隙，就好像有人把尖刺移掉了，或是根本就沒有尖刺建在那裡過。船繼續往前漂行，水面詭異地完全靜止下來。從間隙往內可以看見一座低矮的島，小到洛奔走路繞一圈大概只要一小時左右。在島中間，他看到一些看起來像是城牆的構造，附近還有些其他建築。

「唉，把我扔進沉淪地獄吧，」船長喃喃自語著。「居然是眞的。」

第12章

「我們到了喔，嘰哩嘰哩，」芮心低聲說，幾名水手正在協助她坐進上甲板的座位。「看哪。我帶妳回家了。」

嘰哩嘰哩窩在她的雙臂中，幾乎一動也不動。芮心抱緊牠，船長站在一旁與她的兄弟安靜地對話。颶風的……這座島看起來好……不真實。周遭的海面過於平靜、遠處環繞著迷霧，還有海中包圍島嶼的石柵欄。島嶼本身很低很平，除了島中央的部分以外。那是城牆，還是只是天然的台地？

船員都集中在甲板上，人群間交雜著期待靈，長得像是隨著無形微風飄蕩的紅旗。芮心不夠靠近，聽不到他們在低聲討論什麼，她差點就打算要拉著欄杆靠過去了。只不過坐了幾天的懸浮座椅，她已經開始產生依賴。

如果這裡實際上是敵人的要塞，他們可能要盡速離開。她不想危及懸浮座椅，所以下令將它收好，寶石則留在她的口袋裡。現在她只能將就著坐在上甲板的座椅上。

所以她靜靜待著，試著不要被情緒壓倒。他們終於到了。芮心帶領眾人來到這裡了。弗廷會決定如何繼續前進？她不知道。她學習了他的智慧，而此時此刻只能單純依靠自己的直覺。

對她來說，這比之前任何事都更令人害怕。「船長，」她呼叫德宛。「妳覺得如何？鰻巢回報的結果爲何？」

女人大步走近。「我指示三個人拿著望遠鏡搜尋任何可疑的動靜，」船長說。「沒有生物活動的跡象，但內陸確實有建築物。這邊的水域看起來很難航行，我提議慢速前進。艾米亞周邊海域的水面下通常隱藏著危險。

「假設一切順利，我們就可以從間隙通過，接近小島。」她猶豫了一下。「瑞伯思，瞭望員回報海岸上有許多看似寶心的物體，和死去野獸的甲殼一起落在那裡。」

令人好奇。芮心深呼吸。「我授權慢速行進。如果有任何新發現立刻通知我，還有麻煩找人請燦軍和他們的同伴過來與我談話。」她可以看見洛奔、輝歐，還有露舒正在主甲板上與可絨輕聲交談著。

船長命令一些水手去划槳，沒過多久，他們就開始謹慎地朝向島嶼外圍的高聳岩石滑行。那讓她想起了德西遊牧民在停靠點所設置的方尖碑。

詭異的是，周遭現在只有划槳的聲響，與剛剛穿過的狂風暴雨形成了強烈的對比。船向前進，每一、兩分鐘就確認一次左右側的深度。燦軍和他們的朋友此時來到了上甲板。

「妳看見什麼了，可絨？」芮心用費德語問。

「運氣靈，」她指向上方。「但它們沒有靠近島嶼。這裡有好幾十隻在飛。洛奔帶我去看了水裡面的某個黑影，他認爲那就是把其他燦軍的颶光吸走的東西，但我沒看到靈。那個黑影很快就消失了，但我覺得它是托亞，不是利奇。嗯，我想你們是說實體，不是……意識？來自意識世界？」

「令人好奇。」芮心回應，雖然她不確定自己有沒有完全聽懂。

「嘿，」洛奔說。「妳會說……嗯……那是……」

「費德語，」芮心用雅烈席語說。「我確實會說。」

「我應該能讓船通過那個間隙，」船長走近。「您想怎麼進行，瑞伯思？」

「在妳認爲可行的前提下，盡量帶我們靠近，船長。」芮心說。

德宛嫻熟地引導他們接近間隙，再次確認深度後，直接航行穿過開口。船長帶他們繼續接近島嶼，近到連芮心都能看見海岸上有許多蒼白的甲殼——全是古代巨殼獸的遺骸。她再次抱起幾哩幾哩，希望能有什麼反應出現。塔里克說她們應該到這裡來，但接下來呢？

幾哩幾哩似乎對這裡不感興趣，不過牠確實看向天空，接著扭動身子，輕輕啼叫。芮心小心地把嘰哩嘰哩放在腿上，這隻動物沒有太多舉動，仍舊一直注意著天空。也許牠也能感應到那些隱形的靈？

其雷德靠近，將望遠鏡交給芮心，透過它，她可以輕鬆看清楚甲殼殘骸以及四散的巨大鑽石寶心。寶心黯淡無光，看起來就像是這些動物死後直接落在此地。她覺得這景象似乎有什麼不太對勁的地方。

「請下命令，瑞伯思？」船長詢問她。

命令。是時候擔起領導重任了。她忽略內心的不安還有對嘰哩嘰哩的擔憂。「獨一無二的洛奔燦軍以及露舒執徒，我猜你們兩位準備要進行你們的祕密任務？」

那兩人互換了一個眼神，還尷尬到吸引來了幾隻羞恥靈，像花瓣般在旁飄落。

「呃，是的，光主。」露舒說。「我們想要往內陸前進，盡量接近建築物。」

「我提議你們出發前，先讓我的人進行一次快速偵查。」芮心說。「其雷德，帶上一大隊水手去確保海灘的安全，非戰鬥人員則先暫時留在船上。回報任何不尋常的事。」

他向她鞠躬，接著去集合水手。當他們放下小船時，洛奔和輝歐爬了上去，露舒也是。

「露舒執徒？」芮心呼叫她。「我建議妳，還是先等到我們確認海灘安全後再過去。」

「非常好的建議，」露舒回喊。「但別擔心我，光主。」她在其中一艘小船的板凳上坐下。

嚴格來說，她並不受芮心管轄，所以她想怎麼做都可以。可絨很明智地沒有堅持要跟上，反而在芮心的座椅旁蹲下，將她的目光從嘰哩嘰哩移向天上。

嘰哩嘰哩和運氣靈之間有關連嗎？跟牠體型差不多的動物中只有天鰻會飛，而運氣靈常伴隨牠們出現。

嘰哩嘰哩再次啼叫，這是個令人感到鼓舞的現象。芮心給牠一顆錢球吃，接著回頭望向風暴。迷霧掩蓋了大部分的區域，但還是可以從比較透明的地方看見遠處由風雨組成的屏障。就像是颶風牆一樣，只不過是繞著圓圈吹襲。

「我們最好盡快完成任務，」芮心告訴還站在附近的德宛。「一旦我們確定海岸安全無虞，就派出水手開始偵查島嶼四處。我們可以蒐集所有有趣的文物，讓燦軍有時間——」

嘰哩嘰哩在她腿上移動了。芮心低頭看牠在這數週以來第一次揚起身子，接著站立起來，抖動翅膀。牠依舊盯著天空看。

「可絨？」芮心用費德語問。「牠在看運氣靈嗎？」

「我想應該是，」可絨說。「它們越飛越低了。」

芮心瞇起眼睛，相信自己看見它們了。天空中閃爍著依稀可見的箭頭，嘰哩嘰哩叫得更大聲了。芮心發覺自己心跳加速，呼吸變得急促。她開始擔心這一切都是白費工夫，這裡沒有能幫助嘰哩嘰哩的東西。

拉金突然快速竄向空中。颶風的，牠已經好久沒有這麼有活力的飛翔了！

運氣靈開始更快速地移動。芮心弄丟了它們的蹤跡，可絨則是倒抽了一口氣。

芮心大叫出聲，她的興奮變成了恐慌。她扭動身子靠向側邊，可絨也加入她。嘰哩嘰哩立刻筆直地俯衝入海。

嘰哩嘰哩俐落地消失在暗影中，游到岩石之下不見蹤影。

「牠在跟著靈……」可絨低聲說。「有事情要發生了。有奇怪的事情……」她瞇起眼睛。

船長走到欄杆邊。「您……知道牠會游泳嗎？」

芮心搖頭，一股震驚的失落感湧上。要是……要是嘰哩嘰哩再也不回來了怎麼辦？要是芮心帶牠來這裡，是在不知情的情況下放牠自由，而牠也接受了呢？至少……芮心試著樂觀一點，這樣確實比嘰哩嘰哩重病來得好。如果這隻動物想要自由，芮心也不會阻止牠。

但同時，她和拉金一起經歷了許多充滿情緒的時刻。芮心遭受意外後緩慢的恢復期、她自怨自艾的一整年、她差點死在引虛者的手上。嘰哩嘰哩陪伴她度過了這一切，在她發覺自己可能會孤獨一人後的短暫一瞬間，芮心發現自己的情感有多麼脆弱。她想要抓緊自己的所愛，再也、再也不放手。

這樣很自私嗎？只有一方獲利的買賣或交換絕對不是一項好交易。但不是所有事情都是買賣或交換。她有時很難記住這一點。

「瑞伯思？」船長發問。

「我……會在這裡等著看牠會不會回來，船長。」芮心努力保持平靜。「拜託，等登陸隊伍檢查完海灘後，請立刻告訴我他們的發現。」

第13章

洛奔以充滿戲劇性的姿勢站在小船船頭，一腳朝前，肩上扛著長矛。鹿艾在他另一邊的肩膀上擺出同樣的姿勢。他身後的水手並沒有划槳，因爲小船正在自動前進。如果你會捆術，幹嘛還要水手出力？

再者，洛奔看得見水面下的影子正跟著他們移動。現在水已經很淺了，但那東西一直很靠近海底，又因爲天上的雲層導致光線還是太暗，讓洛奔無法看清那到底是什麼。

然而，他還是很確信那團黑影就是會吃颶光的東西。不是像嘰哩嘰哩那樣的小動物，這比較大，形狀也不一樣。比較扁嗎？很難判斷。他本來希望它會浮上水面，偷走他注入小船的颶光。

但它並沒有。它感覺……有點害怕。在害怕他，不敢正面對峙。所以洛奔試著多注意它，也叫鹿艾做一樣的事。這很不容易，尤其是考慮到接下來要發生的事有多麼令人興奮。

前頭的海水隱沒在一處岩灘中，那裡長滿了颶他的寶心，就好像石苞那樣。巨殼獸的甲殼遺骸在一旁以空洞的眼睛望著他們，那是死亡已久的野獸們的盔甲。

輝歐的船漂向洛奔的船，接著慢下來配合他慵懶的速度一起通過海灣。洛奔的表親蹲著，以緊繃的姿態抓著矛。

「你能相信嗎，表哥？」洛奔說。「我們準備登上從來沒人踏上過的地方。」

「這裡以前有座城市，洛奔，」輝歐說。「那可是時代帝國的首都之一呢。」

「是啦。」洛奔說。「但，總該有一小部分是沒人踩過的，對吧？」

「考量到時代帝國的長度，」他說。「還有當時的預估人口數，我不會這麼樂觀。」

「好啦，」洛奔英雄般作勢指向前方，鹿艾也跟著一起做。「前進，登上數世紀以來皆無人踏足的土地！」

「除了另一艘船的船員外，」輝歐說。「因爲他們都不在船上，所以大概是登島了。還有殺害了他們的兇手。除了他們以外，我們是第一批人。」

洛奔嘆口氣看向鹿艾，他左右搖頭晃腦表達他的煩悶，接著連頭都掉了。「表親，」洛奔說。「你知道爲什麼大家那麼常把你黏在牆上嗎？」

「藉由測量捆術的維持時間與消耗的颶光量，用以評估不同誓言階級燦軍的相對強度。」

「是因爲你一點都不好玩。」

「不，我決定讓那變好玩了。被掛在牆上會讓你對生活有全新的看法。」輝歐咧嘴一笑，接著兩人同時快速回過身。海底的暗影變換了方向，往深水區回去了，顯然它不想上浮到會被他們看清楚的深度。

在船接觸岩石靠岸時，洛奔的捆術也剛好失效。船停下時一震，他利用慣性向前傾，直接踏上海岸。這才叫有型。他環顧四周，看看有沒有人注意到。可絨不在實在太可惜了，她決定待在船上等水手偵查結束。

水手從其他較大的船上跳下，接著又必須走進水中將船拖到岸邊。鹿艾傷心地看著。

「如果你想要，也可以去水裡跑一跑啊，仔仔。」洛奔說。

鹿艾依舊維持他小小的形態，坐在洛奔的肩膀上看向他，歪了歪頭。

「是啦，」洛奔永遠都知道鹿艾想表達的意思。事情就是這樣運作的。「雖然我優雅高貴又精確的著陸非常有型，但這不代表他們在水裡跑就不有型。他們有水手型，我則是洛奔型。」他點了一下鹿艾的鼻子。「別聽人家說型是有限制的，會像颶光一樣用完。型就是世界上最棒的資源，因為我們想要多少種就有多少種，每個人都能分到很多。」

他雙手叉腰研究著海灘，然後跑過去幫助露舒下船，因爲執徒型——還有那一堆紙——可不包含把身子弄溼。

「謝謝你，洛奔燦軍。」她邊將筆記本夾在腋下邊說。在她身後下船的水手幫她拿著信蘆與其他裝備。「所以，我們該對這裡做何感想？」

「那裡有錢，」洛奔用長矛揮向鑽石寶心。「就這樣躺在颶他的地上。」

「沒錯，令人好奇。」露舒說。

「死……地方？」輝歐說。「死亡之地？」他用賀達熙語低聲咒罵，嘗試找出正確的雅烈席字眼。

「喔！」露舒說。「我敢說這裡就是巨殼獸迎接死亡的地點。我讀過類似的東西。我得寫信給紗藍光主，她在研究巨殼獸的生命週期。」

其雷德走近，他的背就像桅杆那樣筆直，肩上背著帶刺的長槍，腰間佩著短劍。「我猜，」他指向寶石。「這些被詛咒了，所以我該禁止我的人放縱囉？」

「別傻了，」露舒在她的筆記本上寫著字。「我們是來掠奪這個地方的，其雷德武裝長。讓你的人大喊一聲或什麼的，然後趕快動手。我今天想睡在無盡的財寶上頭。」

「妳不是……執徒嗎？」其雷德問。「禁止擁有個人物品？」

「那不代表這名淑女不能躺在一大堆寶石上，」露舒說。「故事裡總是這麼說的，我想試試那到底有多不舒服。」

她從筆記本中抬起頭，睜大眼睛看著所有人。「看什麼？我是認真的。快去！全部蒐集起來！我們被派來蒐集這裡的文物，這些寶石肯定算是其中一部分。也許提醒一下水手，他們會從回收的物品中得到公認的抽成，所以我們返航後所有人都會發財——但這是在沒人打算私藏或是偷竊的情況下。」

「給我幾名你最好的人，其雷德。」洛奔說。「只要芮心光主同意，我就帶著他們和執徒一起往內陸偵查，看看我們能在海灘以外找到什麼。」

實話是：看看我們能不能找到誓門。但是他不該說出這部分。露舒說王后希望保持低調，但芮心顯然知道這件事。

大家都很擔心這裡有一座誓門，誰知道這裡有什麼人能夠使用它。他們是可以從兀瑞席魯那一側把門鎖住，所以不算是立即的危險，但還是……

洛奔不是很確定如果他們找到誓門該怎麼辦。他還沒有活碎刃，輝歐也是。他向卡拉丁提議派泰夫一起來，但聽到的回答讓他很驚訝。

我也這樣向娜凡妮提議過，卡拉丁說。她回應如果這道誓門已落入敵軍手中，她可不想把鑰匙送給他們。你們的任務是確認誓門是否在那裡、偵查敵人的蹤跡，接著返航。在我們知道誓門有沒有在那裡之後，就可以評估是不是值得花力氣去占領這個地點。

他朝露舒走近，她正在素描外露骨骼的分布地點，以及寶心是如何脫落的。這個區域感覺好空曠，就像家裡沒有表親在一樣安靜。但他向上飛起一點後，就能見到輝歐說的是正確的：島中央的確曾有一座小城市。

洛奔過了一會兒才發覺這裡詭異的一點——沒有克姆泥。就好像那些甲殼和不自然的寂靜還不夠那樣。他去過的所有地方，都可以從堆積的克姆泥來判斷東西有多老，隨著時間經過，建築就會變成一堆堆的地貌。

然而這裡不一樣。海灘上所有東西——那些甲殼，還有寶心——都沒有被泥殼包覆。連灰塵也沒有。這地方比檢查日的士兵營帳還乾淨。他降落下來，撿起一顆小型的鑽石寶心。這顆和其他的一樣，並沒有發光。他早該理解這代表的意義。

颶風的雨水不會下到這裡來，他心想，掃視著烏雲。也許這股怪風把颶風吹開了？

他將寶心收到口袋中，走向露舒，接著越過她的肩膀——她覺得很煩，所以很好玩——看著她剛才畫的圖。考慮到她畫得有多快，這些畫還颾他的眞不賴。

「我有一次在兩小時內吃了十二卷芻塔，」他告訴她。「基本上是差不多的意思吧。」

她用困惑的眼神看著他。也許她不喜歡芻塔。

「普尼歐賭了三個透幣說我吃不完，」他解釋。「所以那攸關騎士的榮譽。」

露舒投給他一個痛苦的眼神，然後把她的畫作捲起來用一小段繩子綁住，將其交給一名水手。「把它交給芮心光主，回報海灘是安全的，因此我們想要往城市裡前進。」

水手跑開，和其他幾人開始划船返回艦上。桅杆上很快升起了綠旗，允許他們繼續前進。洛奔召集被指派給他的水手們，開始和露舒一起走向內陸。

輝歐決定和水手一起留在海灘上，不過他有了支信蘆。他當然不能拿它來寫字，但輝歐還是喜歡使用它們。當你啓動信蘆，就會讓成對的另一支開始閃爍，有些雅烈席軍官會用來回應訊息，就像是旗幟那樣。

而輝歐更進一步發揚光大。瘋狂的丘拉佬。他想出可以讓信蘆閃爍不同次數來代表不同的意思。舉例來說，只要你注意到並回覆他，他接著就會使用一組代碼。閃一下代表「一切正常」，閃兩下是「我在擔心」，三下代表「馬上回來」。

有點像是書寫，但因爲都是數字所以沒關係——沒人說男人不能用數字。當然，洛奔做很多事情都會用到數字。他還自創了一些呢。更何況達利納都會寫書了，代表現在很多事情都不一樣了。

洛奔驕傲地前進，鹿艾坐在他的肩膀上。他同時注意著天上的雲層，沒錯，也許是有人來過這裡，但那是很久以前的事了，所以……

「妳覺得，」他對露舒說。「我能不能說我正踏在沒有任何賀達熙人走過的土地上？」

「毫無疑問。」她說。「當艾米亞是國家時，賀達熙還沒建國。畢竟你們是個相對年輕的國家。我想世界上有很多地方，在你和其他人到達前，是沒有任何賀達熙人造訪過的——兀瑞席魯就是個例子。」

「啊哈！」洛奔旋轉著他的長矛。「笨輝歐。來吧，仔仔，我們來創造歷史吧。」

第14章

芮心坐在寂靜的甲板上，整艘船只剩下船長與幾名船員。鰻巢裡有一個水手負責觀察，如果有任何危險靠近海岸小組，他就會發出警示。

芮心研究著露舒送來的素描。死去巨殼獸的遺骸構成一堆堆的甲殼，伴隨著牠們體內的寶心。難以言喻的財富。

看起來太完美了。

芮心聽到腳步聲踏上上甲板，因此抬起了頭。可絨？

「我以爲妳搭著小艇一起到岸邊去了，畢竟現在已經確認安全。」芮心說。

「我該去的，」可絨同意。「但是……」她從船邊往下看。「它們全都在水裡，芮心。全部的運氣靈。」

「這個嘛，」芮心說。「妳該去幫忙蒐集寶石。海灘上有著成堆的寶藏，所有參加這趟任務的人都能衣錦還鄉。」

可絨皺眉。「是的，但它是錯的寶藏。」

「妳也注意到了？」芮心說。

「注意到什麼？」

「這看起來有哪裡不對勁。」芮心指著素描說。

「沒有，」可絨說。「只是……我想要其他寶藏。碎刃和盔甲，雅烈席人有的那種。」可絨靠在欄杆上，朝外看向海灘。「我國家的人很驕傲，芮心。但我們也很弱。非常弱。個人並不弱，但做為一個國家很弱。

「我們花了很多年試著得到碎具，讓我們賠上了許多最勇敢的戰士。到目前爲止，我們唯一有的碎具是我父親的，但他堅持自己不能使用它們。」她搖搖頭。「雅烈席人有碎具、賽勒那人有碎具、費德人有碎具。但我們山峰沒有碎具。」

「你們不需要碎具，可絨。」芮心說。「你們住在距離其他人很遠的山裡，他們到不了你們那裡的，更何況……」

「更何況他們也不想來？」

「嗯，是沒錯，」芮心說。「這不是在侮辱妳或妳家鄉的人。我的職業就是去偏遠的地點進行貿易，但就連我的巴伯思都說嘗試和食角人貿易就跟第七傻人沒兩樣。我很確定你們有非常多有價值的貨品，看上去也非常和善，但前往那裡的旅程實在太艱鉅，貿易基本上是不可能的任務。」

可絨看起來沒有感到被侮辱。「很多年以來，事情都是這樣沒錯。沒有值得來拜訪的理由……沒有人知道那裡有什麼東西。」

「妳……是什麼意思？」

「雅列席人現在知道了，」她說。「但敵人一直以來都知道。山峰上有一個入口，芮心。一道大門。通往眾神與靈的世界。」她看著芮心的眼睛。「很快，所有人都會知道的。他們必定會想要我們的土地。通往靈世界的入口肯定有價值到足以讓人前來山峰。」

「我……」芮心不知該說什麼。通往靈的世界的入口？她聽過幽界，相關的傳言已逐漸在社會上傳開，如果食角人有著通往那裡的通道……

「你們和雅烈席卡還有我們其他人都有結盟，」芮心說。「我們能保護你們。」

「抱歉，」可絨說。「我有雅烈席朋友。雅烈席卡女王看起來值得信任，但他們都理解強國會奪取弱國。他們會說這是為了大家好。他們會說這是為了保護我們。他們會住在我們的城市裡。為了大家好。」她點頭。「所以我們一定要有碎具，還有很多碎具師。還有燦軍——很多燦軍。我父親可以兩者皆是。但他覺得傳統比我們的同胞更重要。我會代替他做這些事。我會找到寶藏。我們必須強大。非常強大。」

芮心心中立刻湧上愧疚。當可絨之前說想要寶藏時……芮心以為可絨有的只是普通、單純的動機。

人們談到財富時，常常說貪婪是多麼糟糕的事情——那的確可以很危險。但一無所有的人想要向上提升的雄心，並不是如此單純或能隨便打發的東西。那代表的意義重要太多了。

「那妳何不加入前往城市中心的探險隊？」芮心問。「那裡可能會有碎具。」

「如果那裡有，」可絨說。「燦軍會把它們都收走。我需要往另一個方向去。而那些靈……」她搖頭，接著轉向芮心。「順便一提，謝謝妳。」

「因爲……什麼事？」

「因爲妳沒有把我當成壞人，」可絨說。「那個男人，尼柯力，他想要……費德語怎麼講？讓其他人覺得我很邪惡？」

「他設計妳。」

「設計。像是設計衣服？」

「同一個詞，不同意思。」

「啊。明明聲音有那麼多種，爲什麼低地人要有講起來一樣，但是意思卻不一樣的詞？不管怎樣，謝謝妳，相信我不是壞人。我猜很多人不喜歡像我這樣的外國人，永遠都相信他們是壞人。但妳相信我，而不是妳的朋友。」

「一名很睿智的人教會了我以不同角度來看這個世界。」芮心說。「當我將妳介紹給他時，妳可以謝謝他。」然而，在想到弗廷後，她突然理解了為何海岸的圖畫會這麼困擾她。她指向有著許多寶心的素描。

「有一次，」芮心說。「我和我的巴伯思在進行一項交易行程——他就是訓練我的人。我們會面的對象把錢球和寶石隨意亂放，這是富有的象徵。我的巴伯思和他交易的手法便和之前遇過的其他人都不一樣，更不留餘地、更加刀刀見骨。嗯，那個意思是……其實就是更無情的另一種講法。」

可絨拿起一張素描。「這也一樣？」

「也許吧，」芮心說。「在那之後，我問我的巴伯思為何會採取那樣的舉動，他告訴我，『一般人不會把錢隨便亂放，他們這樣做是要讓妳看到，要嘛他們想要誇大自己擁有的財富，不然……』」

「不然？」可絨問。

「不然就是他們想用錢來吸引妳的注意，」芮心說。「讓妳忽略其他更好的獎賞。妳能夠幫我找一名水手來嗎？我需要傳個訊息給露舒。」

第 15 章

洛奔飛向高空，鹿艾在他身旁，他觀察著島嶼。從上面看起來，這座島似乎很小。

城市的形狀很特別，像是花瓣盛開的花朵。島上其他地方就很無聊了，就是一大圈長長的海灘。沒有東西在動，沒有任何可疑的地方。他覺得可疑的地方肯定就是這個樣子。

他降落在其他人身邊，露舒正在對城市外緣的一些建築進行素描。這些建築被包覆在克姆泥裡，看起來有點像融化了，和他印象中的古老東西比較類似。

「從這邊開始，」他說。「所有東西看起來都像石頭。妳覺得爲什麼這裡有克姆泥，但是海灘上卻沒有？」

「我猜，」她仍然持續素描著。「在颶風停止襲擊這座島嶼之前，這裡就有一部分被包在克姆泥裡了。海灘上的甲殼和寶心雖然也很古老，但肯定比這些遺跡來得新。」

他一開始以爲是牆的構造其實是一排房屋。也許是住宅？房屋排列得很整齊，其中一群構成了他在空中所看到的花瓣「尖端」。

露舒完成她的素描，翻到筆記本的另一頁，上面畫著某種地圖。

「嘿！」洛奔說。「這看起來和這座城一模一樣！」

「這是古代阿奇那的地圖，」她解釋。「我原本希望能用來當作這裡就是阿奇那的決定性證據。你似乎已經幫我完成了。」

「很高興幫上忙。」洛奔說。他們與持矛的八名水手一起繼續向內陸前進，經過被克姆泥覆蓋的建築，進入城市中心。

此處的屋頂已經垮下，只留下柱子及一部分的牆壁。這裡覆蓋的克姆泥量剛好多到讓遺跡看起來正在下沉，但又還不到完全化成一團的程度。這地方幾乎有種腐朽的感覺，讓他想起和橋四隊一起在裂谷底下找到的殘留物。這就是曾經一度繁盛的城市骨骸、斷枝，以及萎縮的血肉。

「這裡比我想像的要小，」洛奔轉身用他的長矛指向城市邊緣。「我橫跨這座城市所花的時間，可能比出發跳舞前普尼歐弄頭髮的時間還要短。」

「古代城市都是這樣。」露舒說。「古代人比較難以建造風擋和引水道，他們也沒有大型的貿易體系來支持城市裡的食物來源，因此所有東西都是以比較小的規模建造。」

洛奔轉了一圈，感覺這些破敗的房子就是頭骨，窗戶則是凹陷的眼眶，全都沾附著硬化的克姆泥。露舒派水手們去搜查其中一些房屋，他不禁打了個冷顫。爲什麼這地方讓他這麼緊張？

「我……不確定我們在這能找到什麼有用的東西，露舒。」他四處掃視。「這裡不像遺跡，比較像碎石堆。」

「發現這裡在不被打擾的狀態被保存下來，已經是一件至關重要的事，洛奔。」露舒說。「考古學家與歷史學家會對這裡有極大的興趣。我們對重創期的理解越深，越發覺到我們對過去的理解可說是令人痛苦地不完整。」

「我想是吧。」洛奔說，看著她則舉起那張小地圖。「誓門在哪邊，妳有想法嗎？」

「最理想的位置是城市中央，能提供各處等距的支援，」露舒說。「不然就是在碼頭以最大化運輸便利性。不幸的是，從亞西爾、科林納以及賽勒那城這三座誓門來看，誓門的位置並不在最佳地點。取而代之的是，三座都在統治階級方便到達的地點。」

「颶他的淺眸人，」洛奔咕噥著。「總是讓我們普通人的生活難過。」

「我們普通人？」她問。「你可是燦軍騎士。」

「最普通的那種。」

「你時常告訴我你有多特別，洛奔。」

「如果妳去想，就會發現那其實互相矛盾了。」

「我……我無話可說。」

「看吧？妳已經抓到重點了。所以……這座城市的有錢人會住在哪邊？」

「我猜是那邊比較大的岩堆。誓門通常位於大型的平台上，而那一區比周遭來得高一些。」

他們開始走向她指出的遺跡。前進時，洛奔發現自己緊握長矛，並且不斷確認背後。颶他的，這不只是疑神疑鬼而已。這個地方有哪裡讓人很緊張。天上那些雲、遠處的迷霧，還有這股寂靜。

這裡顯然是座陵墓。但不是給國王之類的，而是一整個國家的人。這裡以前曾是繁榮的首都，貿易的中心。

這不只是座遺跡，還是座孤獨的遺跡，永遠被放逐在外，不見天日，卻也從來沒有颶風或雨水造訪。這就是爲何芮心的搬夫這麼努力想阻止他們來嗎？爲了防止他們打擾此地的安寧？還是洛奔聽了太多大石說的有關靈和眾神的營火故事了？

不論如何，當有人從轉角出現時，他一下子跳得有夠高，差點就要飛到寧靜廳去了。洛奔大叫，汲取颶光，立刻就覺得自己很傻。那只是普魯夫，其中一名水手而已。

「來自瑞伯思，」他說。「要給露舒執徒的訊息。」

露舒接過紙張開始閱讀，洛奔再次環顧遺跡。他看見了全部八名水手，內心有點驚訝居然沒有人神祕地消失無蹤。他還是要叫他們集體行動，以防萬一。

「令人好奇。」露舒邊說收起紙張。

「她說什麼？」

「是警告，」露舒說。「她覺得這地方的一切都太符合預期、太完美了。海面上的石頭剛好有個缺口，直直朝著完美的登陸海灘，上面又布滿了任人拿取的寶石？我想就連這些遺跡都和我想像中的一模一樣……」

「所以這代表什麼？」洛奔問。

「我不確定。你有沒有剛好從海灘上拿了一些寶石？」

洛奔從口袋裡拿出他剛剛撿起的小寶心。「拿了一顆。」他說。「我本來想問妳為什麼上面沒有克姆泥，但我分心了。」

她從他的指尖拿起寶石，拿出珠寶師的放大鏡開始檢視。

「妳……口袋裡有放大鏡？」洛奔問。

「不是大家都有嗎？」她心不在焉地說。「嗯，我不是專家，所以沒辦法完全確定。但我想……洛奔，我想這是假貨。這是石英，不是鑽石。」

他皺眉拿回寶石。石英沒辦法容納颶光，而且可以用魂術製造。「妳覺得……那可能全都是假貨？」

「有可能。」

洛奔用力嘆了口氣。「就這樣，我龐大的財富就像人的美貌被時間無情沖刷那樣消失無蹤了。就像有一次，我差點就能有一隻裂谷魔寵物可以——」

「是，你告訴過我了，」露舒說。「講了六次。」

「不過我有一個新笑話喔，」洛奔說。「是故事的結尾。我本來會說，『這就是爲什麼我讓牠吃掉我的手臂。』很好笑，對吧？嗯，放在結尾的話會很好笑啦。」他把假寶心丟上天再接住它。「所以……爲什麼要做這些假貨？爲什麼要讓這裡看起來充滿寶藏？」

「我也在想相同的事。」露舒說。

「也許他們想讓我們被迷住？」洛奔說。「也許他們覺得我們會被財寶分心，既驚訝又困惑。但他們不知道我對這種景象已習以爲常，因爲我每天早上起床都會經歷更加驚艷的事。」

「是什麼？」

「就是當我照鏡子的時候。」

「難道你還不知道自己爲什麼會單身嗎？」

「喔，我當然知道。」他說。「我完全理解我的存在感大到沒有女人能夠承受。我的威嚴困惑她們，這就是她們每次都會跑走的唯一解釋。」他對她露齒而笑。驚奇的是，她也回以笑容。通常他講完這些話後，別人就會拿東西丟他。

露舒領著他一路走向城市中高起來的區域，這裡看起來的確像是誓門台地。她指向近處的一座建築，可能是一座宮殿。

「如果這裡跟科林納一樣，」她說。「那麼……」

他們轉身走向台地中央一座少數還有屋頂的獨立建築，在裡面找到了想找的東西。大概算吧。

這裡很明顯曾經是誓門的內室，地板上殘留著和其他城市誓門相同的繪畫，但裝置本體已經毀壞或腐朽了。沒有地方能夠插入碎刃、也沒辦法旋轉牆壁。這座建築已經被自然界摧毀，剩下來的只有灰塵與被侵蝕的金屬碎片。

洛奔皺著眉，撿起碎片，用拇指感受它。他看向露舒，她雙手叉腰站著，眉頭深鎖地思索著。這個地方有什麼不對勁。就像……就像他想吃東西卻鯁在喉嚨一樣，而且吞不下去。他得把它咳出來。

「這也是假的，對不對？」他說。

「爲什麼這麼說？」露舒問。

「嗯，破碎平原的誓門在那裡好幾千年了，但我們找到的時候還是能運作。這裡的保存狀況還比較好，但是誓門構造卻四分五裂了？」

「我同意。」她說。「我本來會相信的，但那些寶石……再加上發現誓門就在宮殿旁邊，跟科林納一模一樣？太刻意了。」

「所以眞的誓門在哪裡？」洛奔問。

「去找水手們，」她說。「看看他們能不能找到階梯或是活板門，或是遺跡裡有沒有任何能讓我們往下走的地方。」

洛奔覺得很奇怪。一般人通常不會往下蓋東西，因爲地下室很容易淹水。不過露舒是聰明人，所以他扛起長矛照著她說的話去做。他召集水手們，讓他們兩人一組去尋找階梯。

在搜索時，他還是無法擺脫那股錯誤感，而且他一直從眼角餘光瞄到什麼東西。颺他的，這地方讓他連影子都怕。

但露舒是對的。他們沒過多久就在一棟最不起眼的建築殘堆之下找到了一個樓梯井。那裡位在中央廣場的外緣，一點也不靠近宮殿。

「大概只是個颶風窖吧。」洛奔跟著露舒向下走，一手持寶石照明。

「大概吧。」她附和。

「又或者……」他在他們抵達底部時說。「就只是條死路。」確實，這條樓梯井突然結束在一面石牆之前。

露舒從腰帶上解下一個小袋子，裡面的物品發出叮噹聲。

「妳為什麼要我們去找樓梯？」洛奔問。

「古代城市時常會被埋在地底下，」她說。「克姆泥會堆積。現代城市會不斷清除以避免淤積，但許多舊城鎮是直接建在被掩埋的古代遺跡上頭的。舉例來說，在挖掘礦脈時發現考古遺跡並不罕見。」

「了解……」洛奔說。「所以……」

「所以我有雙重理由懷疑，上面那座城市是假的，」她說。「眞正的阿奇那八成很久以前就已經沉進地底下。」她舉起一隻手，上面突然亮起刺眼的光芒。這名執徒的手上戴著寶石，指間以銀色的鎖鏈互相連接。

「颶風的！」他說。「是魂師？」

「沒錯，」她說。「讓我看看還記不記得該怎麼用……」

「妳會用？」

「當然，」她說。「魂術執徒常常使用魂師。我有一段時間非常想要加入他們，直到我發現他們的生活有多無聊爲止。總之，塞住耳朵屏住呼吸。」

「爲什麼——」

整個樓梯井瞬間充滿煙霧，逼得他停止說話；他的耳朵因爲突然的壓力差而刺痛，就好像一下子潛進深海一樣。他大喊一聲，咳嗽起來，然後汲取一些颶光。

「妳瘋了。」他對她說。

「我原本預想如果誓門眞的在阿奇那，我們就得挖開石頭才到得了。沒想到竟是這樣藏在地底下，我還以爲誓門會像破碎平原那座一樣被石頭包住。總之，我要求娜凡妮提供碎刃或魂師給我。果不其然，她給了我比較不有趣的那種。但是我喜歡說中事情的感覺，那讓我的胃飄飄然的。」

洛奔走向前，站在她身邊，舉起寶石照亮她剛才打開的地方。這是一座有點低矮的地底洞窟，大概只有十二呎高，但非常寬廣。就像是……一座台地。

「颶風的，」洛奔說。「誓門居然藏在下面這裡。」

「要隱藏它一定花了很大的工夫，」露舒說。「執行者其實可以直接把它埋起來，但他們想要維持功能，所以建了房間把誓門包起來，再讓克姆泥經年累月地覆蓋在上面。」

「到底爲什麼？」洛奔走入空洞中瞇眼細看。他的照明依稀照亮了台地中央的控制建築。沒錯，這確實是誓門。「爲什麼要把它藏起來，又那麼麻煩蓋那堆假建築？」

「很顯然，」露舒說。「他們希望我們找到假城市後就離開，認爲誓門已經毀壞。」

洛奔停下腳步。他消化著聽到的話。這個想法他吞得下去，但嚐起來非常糟糕。

「這裡是……保險措施。」他低聲說。「就算有人眞的到了島上，他們也找不到有用的東西。」

「但我們棋高一著！」露舒說。「我要記得感謝芮心光主及時送來訊息。那——」

「露舒，」洛奔打斷她，拿出輝歐給他的寶石。沒有閃爍。「妳是個天才。」

「顯而易見。」

「但妳也是個颶他的傻瓜。召集水手，待在這裡，努力別死了。」話才剛說完，他就狂奔上階梯，一邊汲取颶光。他立刻飛向空中，衝出城市朝向海灘而去。

不管是誰在看守這裡，都費盡了心思想要阻止船隻抵達。一旦那個計畫失敗，他們大概就會讓遠征隊拿走假寶心然後離開——只要島上眞正的祕密沒被發現就好。

但他與露舒卻這麼做了。這代表所有人都陷入了極度危險之中，即便輝歐的寶石沒閃也一樣。他得快點到其他人那裡去。

幸好他的直覺夠敏銳。因爲當他到達海灘時，有一隻怪獸正在吃輝歐。身爲表親，可不能錯過這場好戲。

❋

芮心第一個注意到的是一種奇怪的聲音。那是種喀拉聲，是甲殼在移動的聲音？

她正在等著小船回來帶她加入登陸小組。她想要去檢視那裡的巨殼獸遺骸，看看能不能找到任何可以幫助嘰哩嘰哩的線索。而現在，她在上甲板的座椅上四處環顧，尋找奇怪聲音的來源。嘰哩嘰哩回來了嗎？

不，她聽見的聲響大到不可能是單一隻動物發出來的。這是……數百隻腳一起爬動的聲響。

然後她看見海水中的東西，渾身上下彷彿被雷擊一般。數百隻克姆林蟲——比人拳頭小的甲殼動物——正從海面爬上了船側，而且每隻身上似乎都帶著一塊肉塊。她甚至看到其中一隻的背上有顆眼球。

這些東西把一個人分屍了嗎？牠們是食屍動物嗎？還是更糟糕的東西？

她尖叫，但爲時已晚——甲板上也傳來叫喊。流浪帆號周遭的水面翻攪，湧出數千隻類似的克姆林蟲，引得負責看守的水手驚呼。牠們爬上船側，喀拉作響、窸窸窣窣、萬頭鑽動。

紫色的懼靈聚集在芮心腳下。她從來沒有因爲無法走動而感覺這麼受困過。可絨以食角人語喃喃自語著向後退開。但芮心必須先把自己解開才能逃離。

她的動作太慢了。她與皮帶扣奮鬥著，顫抖的手指似乎毫無作用。奇怪的克姆林蟲已經越過側邊欄杆。

她終於解開了皮帶，卻已被生物團團包圍。她沒辦法滑到甲板上爬走，會被趕上的，只能試著盡量往座椅高處坐。

但克姆林蟲並沒有爬上她的腿攻擊她，一部分的蟲開始在旁邊聚集。接著，牠們開始以一種非常詭異的方式組合在一起。就像人手牽手連成線，克姆林蟲把竄動的腳卡在一起，背部朝外。牠們身上的皮肉碎塊開始像拼圖般組合在一起。

近似人類的腳掌開始成形，接著是腿。克姆林蟲向上爬，聚集成一球竄動的團塊，變成軀幹的部分——最終構成了一名沒有生殖器的裸體男子。頭部最後出現，克姆林蟲擠進「頭骨」之中，將眼球安全定位，刺青遮蓋住了皮膚上的接縫。

在這一小段時間中，這個景象令人作嘔——人形的腹部裡滿是竄動的生物，手臂末端是扭動著的斷肢，腿上的皮膚像是被切割般裂開，顯露出恐怖的蟲狀內裡。接著一切變得緊實、安定下來，看上去就像普通人類。幾近完美的人體複製品，只不過腹部及大腿上的線條比臉與手上的更加明顯。

「妳好，芮心。」尼柯力開口。他微笑，她現在知道了他臉上漸深的線條並非皺紋，而是皮膚上的接縫。「很不幸的，妳的遠征實在是太堅持不懈了。」

颶他的。尼柯力並不是人類或是引虛者，他是更糟糕的存在：可絨故事裡的神的一員，加絲娜傳聞中的怪物。由數百個微小碎塊僞裝成單一實體的可憎存在。

可絨把手放在芮心的肩上——害她嚇了一跳——接著刻意前進，擋在尼柯力與芮心中間。食角人女子以她音樂般的母語說了些話，怪物令人驚訝地以相同語言回應她。

「可絨？」芮心低聲問，發抖著。「發生什麼事了？」

「我不知道……」可絨以費德語低聲說。「不眠之神……可以變成人形。」

「妳知道要怎麼對抗祂們嗎？」

「我告訴過妳，沒辦法的。」可絨說。「魯努阿那其——祂是惡作劇之神——向當時是池之看守的我祖母警告過牠們的存在。」

「我們沒有預期會在這趟旅途中遇見一名視者。」尼柯力以費德語說。「你們護衛培養的垂裂點已久，我們並不會輕易殺害你們的子民，胡阿里南露那那其阿其露。」

有些蟲群在甲板上形成類似的人形，但還是有些繼續維持爬動的蟲群狀態。船長召集了僅剩十名左右的水手，但他們很快就被這奇異的生物包圍。颶他的。船員們拿起了長矛，但你要怎麼跟這種東西戰鬥？其中一人向正在靠近的人形突刺，長矛直接穿過了身體，接著克姆林蟲開始從軀體的空洞中冒出，沿著長矛爬了過去。

「住手吧，」芮心終於有辦法正常講話。「尼柯力，讓我們談談。拜託，告訴我你想要什麼。」

「妳已經錯過任何的談判機會了。」尼柯力低聲說，看向別處——非常像是人的羞愧表現。「妳忽略我的警告，妳在島上的朋友們也沒有咬住我們布下的餌。那是你們能安全離開的最後機會，是我們之中的一些人努力為你們爭取而來的。

「就如我所說，你們太堅持不懈了。我們其中一些人知道事情必定會走到這個地步。他們不像我這麼理想化。雖然說這個無濟於事，芮心，我真的很抱歉。我很享受我們在一起的時光。然而整個寰宇都命懸於此。即使令人惋惜，今日的死亡將能夠預防災難的發生。」

可絨以食角人語向尼柯力喊了什麼，他聽起來憤怒地反駁，接著對甲板上的其他人形大喊。

「那只是聲東擊西，」可絨轉身對芮心耳語。「準備好。停止呼吸。」

「停止——」

可絨攔腰抱住芮心，讓她驚叫一聲。這位高大的女子將芮心扛上肩膀、跳上椅子，接著越過船側，將兩人一起投向黑暗之海。

第 16 章

一瞬間，芮心像是被傳送回了雷熙群島。

墜落。

墜落。

擊中水面。

一瞬間，她就像是再次回到了那處深淵，從令人震驚的高度跌落。麻木。看著光線消失。無法移動。無法拯救自己。

然後兩個時刻分開。她並不在雷熙群島；她在阿奇那旁的冰寒海水中。寒冷的刺激讓她想吸氣或是尖叫，但幸好她閉緊了嘴巴。可絨以她的雙腿游泳，推著她們越游越深。

越來越深。

越來越深。

芮心身後留下一排如氣泡般的懼靈。可絨出乎意料是個有力的泳者，但被這樣抓著帶向深處，讓芮心感到無比恐慌。這不但讓她回憶起瀕死經驗的恐懼，也讓她想起在那之後持續無數週的無助。

之前簡單的舉動——例如起床、盥洗，甚至是拿東西吃——全都變得遙不可及。芮心幾乎要被恐懼、氣憤以及無力感壓垮。她會連續好幾天都躺在床上，心想與其變成這樣的累贅，還不如去死罷了。

她已經克服了那些情緒。透過努力，還有來自雙親與弗廷的協助，她理解到自己能做的事情還有很多。她能夠讓生活變得更好。她不是累贅。她是一個人。

然而，當海洋再次吞沒她，她發覺那些舊有的恐懼依舊存留，在她的心底發酵。絕望的無助感。總是要受他人擺布的驚恐感。

然後她看見了靈。

不是懼靈，而是運氣靈，有著箭頭般的頭部與起伏的粗壯身軀。它們在她與可絨周邊的海水中悠游。數十隻。數百隻。來自多雲天空的光線已經消失，芮心的耳朵發痛到她必須捏著鼻子吐氣來平衡壓力。

但那些靈在發光。照亮方向，驅策她們前進。

我認識你們，靈，她想著。她應該要慌張的，應該要擔心會溺死。但她只是看著靈。我是怎麼從那麼高的墜落存活下來的？大家都說那是奇蹟。

她在可絨的抓握中扭動起來。靈領著她們朝向前方岩石處散發出的微光。那是條小隧道嗎？

芮心終於感覺到自己的肺部開始燃燒。她從可絨的抓握中溜出，抓住石頭拉著自己前進。可絨跟在身後，靈催促著她們，指引她們穿過黑暗深處，直到——

芮心將自己拉出水面。可絨緊接著也浮了上來。

芮心深吸一口氣，在黑暗中顫抖。光源怎麼了？靈呢？突然之間，她們陷入全然的黑暗，但可以聽見呼吸聲從附近的岩壁反射回來。她們似乎來到了島下方的某種洞穴之中。

芮心用她的右手緊抓住池邊的一些岩石，左手伸到裙子左側口袋中尋找錢球。她摸索了一陣，隔著內手手套抓出一顆明亮的鑽石馬克。

光線照亮了可絨，她抓著附近的岩石，紅髮黏在皮膚上。她們的確是在洞穴中——或說是在一條隧道盡頭處的小水池裡。

可絨爬到石頭上，幫助芮心上岸。她們坐了一會，不停咳嗽與深呼吸著。

「它們還在這裡嗎？」芮心終於發出聲音。「那些運氣靈？」

「阿帕利奇托寇亞阿。」可絨指向空中，不過芮心什麼都沒看到。「它們出現在妳前面？」

「是的，」芮心低聲說。「在水下的時候。」

「它們引導我們，加快我們游泳的速度……」可絨說。「我父親總是被靈所祝福。當他在山峰拉動時刻之弓時，它們會增強他的腕力。但我從來沒有類似的祝福。」她的手指向通往隧道深處的路徑。「它們往那邊去了。」

「那些登上船的生物，」芮心說。「尼柯力……不管他是什麼。他們會游泳。我不覺得在這底下我們就安全了。」

「也許有出路，」可絨說。「我去看看？」

芮心點頭，雖然不抱什麼希望。她和她的巴伯思一起旅行時去過純湖，他在那裡要求她閱讀一本介紹當地人的書籍，裡面有一大章都在講整個湖是如何在颶風來襲時變得乾涸；雖然她還是不太了解原理，但她很確定位於海平面下方這麼深的空間，如果有通往上方的開口，是不可能留有空氣的。

這代表她們被逼到了死路。芮心背靠著石頭，雙腳伸在前方。可絨滴著水向前離去，拿著一顆錢球照明。芮心掏著口袋。她有什麼能用的嗎？只有一些錢球，還有紅寶石的法器？

她第一時間覺得那是信蘆上的寶石。但並不是，這是她椅子上的紅寶石，固定在金屬底座裡，還有扣帶可以安裝在椅子上。這組寶石和船桅杆上掛著的錨互相結合。

眞奇怪，想起她沒多久前還如此樂觀，直到她領著整組船員走向末日。也許燦軍洛奔與輝歐會有辦法拯救大家？

所以妳又要再次變成沒用的人嗎？她想。只是呆坐著，等待其他人來照顧妳？

弗廷任命她爲領袖是有理由的。他信任她。難道她就不能一樣信任自己嗎？

「芮心！」可絨大喊，聲音在隧道裡迴蕩。一小段時間後食角人女子現身，她喘著氣，雙眼大睜，揮動握著錢球的手，投射在牆上的影子跟著亂舞。「妳一定要來看看！」

「看什麼？」芮心問。

「寶藏，」可絨說。「盔甲，芮心，是碎甲。眾神聽到了我的祈禱，領我找到它！」她彎腰準備再次將芮心扛上肩膀。

「等等，」芮心說。「也許試試看這個？」她舉起紅寶石，扭轉底座的一部分啓動。法器就此懸浮在空中。

可絨跑開，隨後帶著一張小板凳與一柄古舊的長矛回來。運作起來還算順利；芮心利用法器的皮帶將其綁在板凳椅腳上，可絨舉起板凳，芮心接著啓動法器，讓它飄浮起來。因爲船在海面上，所以板凳也隨之起伏，但此處的海面很平靜，所以波動並不大。

沒過多久，芮心就使用長矛推著自己前進，跟在可絨身邊。雖然她們上浮的區域只有天然的石壁，但隧道下一段就變成了人工雕刻而成的走廊。她們在牆上發現了奇異的壁畫：有許多人向前伸出手，往下掉落穿過看似傳送門的圖案，進入……光裡面？

再往前沒多遠，她們抵達了一間小房間。這裡大概有十五平方呎大，而芮心的目光馬上就被占據對面牆壁的雄偉壁畫所吸引。壁畫上有著裂成碎片的太陽。

可絨展示一組碎甲給她看，它被小心地堆放在房間角落，附近還有裝飾用的武器及布料。那些看起來都不像是碎刃，但是……那裡有魂師法器，就放在牆邊的小盒子裡。有四具在板凳上，跟芮心現在用來飄浮的是相同的板凳，另外還有四具在地上，應該是可絨移走的。

房間左側的牆面，有一扇開著一道小縫的金屬門。芮心將自己划過去看向門後，發現了一條更大的走廊，有著拱型的廊頂與精細的石牆。遠處閃耀著光芒，照亮了有著深深眼窩的巨大甲殼頭骨。

雖然她還想繼續探索，但小房間中的巨大壁畫莫名地吸引著芮心。她划回去，可絨正在一旁試著啓動碎甲——以她們的現況來說，這主意並不壞。可絨向她索要寶石，她心不在焉地將錢球袋遞給她。

這幅壁畫……它是圓形的，以金箔貼畫，看起來本身似乎在發光。其中某些區域寫著芮心不熟悉的文字，她旅行這麼久從沒看過類似的文字。那甚至不是晨頌。

這些奇異的文字是藝術品的一部分，圍繞在破裂太陽的周圍。太陽裂成了約略對稱的碎塊——先是破成四片，其中的每一片又再度分成了四片更小的碎片。

她的長矛從手上滑落，喀啦一聲掉在地上。她發誓能感覺到太陽在發熱；在燃燒；熱量沖刷過她。它並不憤怒，但她知道它是被扯碎的，就像被刑具分屍的人一樣。

她感覺到它散發著什麼。順從？信心？*理解？*

這些在牆上燃燒的文字，她想著，雖然並不知道原因。*才是眞正的寶藏。*

是誰創造了這個？她從沒體驗過如此宏偉的存在。她的目光沿著破碎的日光圖案游移。圖案內部是金箔構成，外圍包著紅色箔片，加強了圖案的輪廓與深度。她在腦中一遍遍數著碎片，感覺到這個數字的重要性。太陽擄獲了她。

一名遠古罪行之戍衛，她對自身想著。*引領妳來到此處。*

當然是如此。這非常合理。

等等，這合理嗎？

是的，她心想，妳是被帶來的。他們殘存的數量已經不多了。因此無眠者接下了這項任務。

理所當然。這座島表面上的那些佯裝？都是爲了轉移注意力。意圖防止任何人看到這個。

芮心搖晃身子，努力將目光從壁畫上移開，感覺就像其他人的思緒入侵了她的意識。發生什麼事了？她怎麼把長矛丟下了？剛才花了這麼多努力才能自行移動，她就這麼輕易地放手了？

她向下伸手，但她在空中的位置太高了。在彎腰時，她感覺到意識裡有股壓力。是那幅壁畫。它在呼喚她。

可絨在附近喃喃自語。芮心轉過頭發現食角人女子已經穿上碎甲靴子，正在嘗試把錢球強行安裝在胸甲上。

「我想妳需要裸露的寶石，可絨，」芮心說。「封在玻璃裡的行不通。」

「我沒有足夠的寶石。」可絨說。

「我們可以用這些。」芮心指向板凳下方的紅寶石。

可絨猶豫了。

「沒關係的，」芮心說。「如果妳能讓碎甲運作，也許就能保護我們。」

可絨點頭，走過來幫助芮心爬下椅子。她感覺……有點後悔。每次當她淺嘗到自由後，又會發生一些事情將它奪走。

可絨讓芮心在冰冷的石面坐定，接著把紅寶石從底座中撬出。她將寶石裝在脛甲的部分，再扣在腿上。它們立刻變緊，固定在位置上。

她望向胸甲。「我們還需要更多。」

芮心指向房間另一邊開著的門。「我看見光芒從那邊的隧道透出來，也許是寶石？」

可絨趕忙過去拉開門，目光越過巨大的甲殼頭骨看向遠方的光源。「那是靈。」可絨開始往那個方向而去，金屬靴子重重踩在地面。她還帶著胸甲，儘管那看起來非常沉重。

芮心轉頭，嘗試不看向牆壁。那感覺變得更溫暖了。很不幸地，她很快就聽見水池方向傳來潑濺聲。敵人找到她們了。

遠古罪行之戍衛，她心想。那是什麼意思？爲什麼這個念頭在她腦中不斷重複出現？

她感覺到壁畫迫近。籠罩著她。緩緩地，她轉頭看向那爆炸的太陽。

接受它。

知曉它。

改變。

它停頓下來，等待著。它在等待……

「我願意。」芮心低聲說。

某種東西撞上她的意識。它從壁畫流出，經由她的雙眼，烙印在她頭顱裡。它抓住她、持有她、加入她。芮心完全被光吞沒。

一瞬間後，她發現自己倒在地上喘氣。她眨眨眼，感覺到自己的雙眼。雖然眼角流著淚，但她的皮膚並沒有起火，她也沒有被閃瞎。她望向壁畫，看起來沒有任何變化。只不過……她不再從中感到溫暖。那現在只是一幅壁畫了。還是很美麗，但不再……

不再怎麼樣了？有什麼改變了？

窸窣聲。身後有著數百對腳在靠近的聲音。她扭轉身子，抓起剛才用來划行的長矛，但她不是士兵。

那她是什麼？沒用的人嗎？

不，她心想，決心不再回到自怨自艾的狀態。我絕不是沒用的人。

是時候證明自己值得弗廷的信任了。

第17章

洛奔筆直飛向那隻大海怪。牠看起來像隻長著怪喙的巨大蠕蟲，身側有著許多尖刺般的腳，並且幾乎完全直立起來，打算用長矛般的尖肢刺穿底下的水手們。

輝歐眞的是在那怪物的嘴裡，用長矛卡住牠的下顎，避免自己被壓碎。因此洛奔才能夠抓住輝歐的手臂往上升，將他拉離原處。怪物在他們身後閉上嘴，折斷的長矛發出恐怖的碎裂聲。

水手們躲在海灘上的頭骨內，利用甲殼做爲掩護，緊抓著長矛躲避怪物。怪物跟房子一樣高，周圍環繞著箭頭形的運氣靈。洛奔在半空中停下，抓著輝歐，兩名表親交換了一個眼神。

然後輝歐發出呻吟。「我得聽這個聽到死了，是吧？」

「哈！」洛奔說。「你差點就要被吃掉了！你差點就被看起來像是蟲季會踩到的蟲子的巨大怪物版本吃掉了！」

「我們能專心在戰鬥上嗎？」

「嘿，你有聽過我從怪物嘴裡救下輝歐的故事嗎？喔，沒錯，他差點就被吃掉了。那隻怪物比他喜歡的女生還醜。我得飛進怪物的嘴裡去，從舌頭上救下他，然後在我做出這種英勇壯舉後，還依然保持謙虛的風度。」

「別講最後一句，」輝歐說。「不然別人就太容易聽出你在撒謊了。」他吸氣，從洛奔的錢球借用颶光。「小心，這附近有些克姆林蟲會偷取颶光。」

「是女老闆的那一隻嗎？」

「不是，比較小，」輝歐對自己施予捆術，懸浮在空中。「品種也不一樣。我沒看清楚，但我想牠們是成群在飛的。」

輝歐朝下飛行，從地上撿起一柄新的長矛。洛奔舉起自己的矛，瞥向鹿艾，他已改變外觀模仿著那隻怪物，四處彈跳加吼叫。怪物轉向他們，以長矛般的附肢橫掃，洛奔躲開，一陣風壓逼來。

「你知道嗎？」洛奔對鹿艾說。「現在是你決定變成碎刃的最佳時刻。」

鹿艾對他搖搖甲殼手指。這個煩人的動作表達著「你明知道，你必須證明自己的價値才行」。

「我會保護我恨的人，」洛奔說。「你看？我說得出口。」他再次閃躲。「很容易的。」

鹿艾怪獸再次搖動另一根腳。

「但我根本不恨任何人！」洛奔抱怨。「也沒人恨我。我是獨一無二的洛奔耶，怎麼可能有人恨我？這規則根本就不公平！」

鹿艾怪獸聳聳肩。

「你以前是站在我這邊的，仔仔。」洛奔低吼。「這都是芬朵菈娜的錯，對不對？你不該聽她說教的。」

眼前大概不是討論這件事的好時機。他們還有隻怪獸要擊敗呢。長矛在手，洛奔飛過去吸引怪獸的注意，避免牠繼續攻擊水手。

❁

芮心細心地整理儀容。她把剛才坐的板凳拉近、放在面前。這比一般賽勒那商人的談判桌來得高又窄，但算是足夠接近了。

如果你想要以傳統方法交易，就要坐在鋪著墊子的地面上，隔著桌子互相面對面。她成功地盤起自己的腿，背靠著壁畫撐住自身。

她擺出傳統的交易手勢，雙手手掌朝下放在桌上，試著記起自己所受的訓練。

那些生物從牆與天花板爬進來。牠們以同樣令人作嘔的方式湧進，一堆堆的克姆林蟲互相連接成某種人類的形體，恐怖的腫塊在「皮膚」之下蠕動游移。

很快地，尼柯力已站在她面前。

芮心盡最大努力控制住顫抖，忽略懼靈，接著將手掌翻向上。「這個，」她說。「是傳統賽勒那商人邀請對方進行交易的手勢。我不確定你假裝成人類時學到了多少我們的文化。」

「我學得夠多了。」尼柯力向前進，另外兩個人形留在後頭，一個可能是模仿男性，另一個則是女性，不過並不容易分辨。尼柯力拿起一件披在數支長矛及一小堆盔甲上的長袍穿上。「我在我們族群裡算年輕的，但我也活了很長一段時間。我和長眉一起航海過，妳知道嗎？我喜歡他和他的那些吹噓。」

颶他的。長眉已經死了四百年了。芮心努力讓自己鎮定。喔，颶他的。這遠遠超出她的能力範圍了，而且那股奇怪的熱意還待在她的意識中。那股壓力。那個指令。

她指向桌子另一側。「請坐，我們開始談判吧。」

「沒什麼需要談判的，芮心。」尼柯力說。「我很抱歉，但我對全寰宇有責任。」

「所有人都有想要的東西，」芮心的汗珠從側臉流下。「所有人都有需求。我的工作就是連接起眾人的需求。」

「妳認爲我需要什麼？」尼柯力說。

她對上怪物的眼神。

「你們需要有人幫忙守住祕密。」

第18章

「嘿，輝歐！」洛奔大喊。「我剛才說這隻怪物長得像你喜歡的女生，我說錯了。牠其實比較像你早上還沒喝歐納茶的樣子！」

一隻腳往下刺向洛奔，擊中地面時濺起許多碎石。

「動起來也像你！」洛奔將自己捆向後方。他主要是在吸引這頭怪物的注意力。他希望牠能專注在他與輝歐身上，而不是水手們。確實，由於輝歐早先的努力，目前看起來只有一名水手受傷比較嚴重。芬肯正在嘗試替他包紮，其他人則是從小船上搬下另一堆長矛。這些水手很熟悉使用武器，他們試著擲矛刺中怪物的眼睛，有一支很接近，但從眼睛旁的甲殼上彈開了。

怪物咆哮著立起身，牠是一條覆蓋著甲殼、粉白色的巨型死亡化身。雖然牠身側大約一打的附肢相較之下很細，但其實也有樹幹那麼粗。尖腳交替著嘗試穿刺洛奔，或想把他從天上揮下。

洛奔擦了一下眉頭，命令水手繼續往岸上後退。不幸的是，雖然這怪物看上去是水生的，牠在岸上活動起來一樣危險。牠會用腿推動身體蠕行，有點像是蛞蝓。

牠再次轉向水手，所以洛奔飛近，鹿艾跟在他身邊，嘗試吸引牠的注意。他試著刺進靠近脖子的頭部，但武器卻彈開。怪物雖然像蠕蟲般鼓脹，但防禦能力好得多了。

沉淪地獄的。洛奔對自己施展捆術，在揮舞的附肢間穿梭。哈！至少牠跟蠕蟲一樣慢吞吞的。這怪物幾乎沒——

砰。

洛奔頭下腳上地貼在一顆巨石上，肋骨被颶光修復的同時哀號著。

「洛奔燦軍！」其雷德在他身旁蹲下。「你還好嗎？」

「感覺像一坨鼻涕，」洛奔呻吟著。「被噴噓噴出來的。」他把自己從岩石上剝下，落在其雷德身邊。「我的長矛刺不穿那玩意的甲殼。」

「我們需要碎刃！」其雷德說。「你沒辦法召喚出來嗎？」

「恐怕沒辦法，」輝歐說。「政治因素。」輝歐正在附近吸引怪物的注意，但他的颶光快要見底了。「別又被吃了！」洛奔大叫。「但如果被吃掉了，注意別被噴噓噴出來！感覺糟透了！」

「政治因素？」其雷德問。

「你得說一些話，」洛奔說。「我說了，因為那是一些好話。但颶父一點時尚感也沒有。」他望向天上。「這是個好時機，狂風亂吹大人！我會保護那些我恨的人！

我知道的，你這大佬神！」

沒有回應。

洛奔嘆氣，扛起他的長矛。「好吧，我和輝歐會試著把牠引進內陸，然後你跟水手們就划小船回到船上。」

「我們不能讓牠有機會跟去流浪帆號！」其雷德說。「這麼大的巨殼獸會把船弄沉的！」

「好吧，那我們全部都撤退，引牠往內陸去。也許我們能夠躲在建築物裡！」

「要是我們都逃走了，結果反而讓牠有機會攻擊船怎麼辦？」

「到時候我們就看著辦，好嗎？我和輝歐會吸引牠的注意力，你們其他人準備朝城市遺跡撤退。」

其雷德遲疑了一下，接著點頭。洛奔將自己向上捆，往怪物飛去。如果他能在輝歐吸引牠注意力的時候靠得夠近，也許就能好好刺牠一矛。他還需要多給輝歐一些颶光，口袋裡還有不少。

他繞圈飛往怪物背後，但牠似乎有所準備。怪物不斷地扭動，其中一顆漆黑的圓眼持續盯著洛奔，同時用腳刺向輝歐。

輝歐對牠大喊，幸運地吸引了牠的注意。就是那裡！洛奔心想，準備好長矛，向前靠近。只要牠再次看過來，他就會對長矛施展捆術，刺穿牠的眼睛。

但洛奔突然感到一陣涼意。

寒意從他背後雙肩之間蔓延開來，剎那掃過全身。寒冷到他突然僵直，在原地震住。他無法動彈，感覺有東西在吸取他。

他的颶光。

他成功在空中轉身，試著用長矛攻擊。但太遲了。他曾見一小群克姆林蟲在他身後飛舞，和芮心的寵物不同種類：比較小隻，大約只有拳頭大，也比較臃腫，這兩打蟲幾乎快飛不起來了。但牠們已經吸乾了他的颶光。

他從半空中墜落，感覺一陣恐慌。牠們也吸乾了他的口袋，已經沒有能汲取的颶光了。他——

他摔落在地。*非常用力*。他腿裡有東西斷了。

怪物朝向他蠕動而來，張開恐怖的大顎，討厭的雙眼盯著他。牠看似很樂在其中地舉起腳刺向洛奔。

❁

「我和娜凡妮・科林會面時，你也在場，」芮心對尼柯力說。「你知道她不是會被輕易說服的人。」

「機械之母，」尼柯力的口氣讓這句話聽起來像是個專屬的稱號。「是的，我們……知曉這點。」

「你們試著嚇走她派來調查島嶼的逐風師，」芮心說。「所以她就派了一艘船來。如果這艘船神祕地消失了，你想她會怎麼做？你以爲她會放棄嗎？她會再派一整支艦隊來的。」

尼柯力嘆氣，迎上芮心的目光。「妳假設我們毫無計畫，芮心。」他看起來很誠懇，雖然他的內在是怪物，但感覺上還是她在旅途中逐漸熟識的那個人。

「到目前爲止，你們的計畫都沒發揮效果，」芮心說。「你怎麼會覺得接下來的計畫有辦法拒燦軍於門外？」

「我……我眞希望我們布下的誘餌有騙妳上鉤。」他說。「我們之中有些人想要在你們穿過風暴後就立刻將船弄沉，但我們說服了他們。我們告訴他們，你們會對寶心感到滿意。你們原本也會發現一小疊古老的地圖與文件，我們確保你們會在離開前找到它。

「當你們返航向娜凡妮王后回報時，就會發現寶心是假的。那些文件會證實這其實是古代海盜的陰謀，時代遠在風暴籠罩此地之前。你們會發現這些海盜利用了阿奇那的寶藏傳說來吸引獵物——他們在海灘上布置了假寶心，趁目標分心時發動攻擊。

「這原本會很完美、很簡潔的。有了這項故事的證據，沒有人會繼續執著於阿奇那的寶藏傳說。沒人會來打擾我們。沒人會死。只不過……」

「只不過這裡有一座誓門。」芮心說。「他們絕不會棄之不顧，尼柯力。」

「他們會以爲誓門已經被摧毀了。」尼柯力說。「在……我們很遺憾地處理妳和船員們後……我們其中幾員會假裝成水手。妳的船會艱難地抵達港口，我們會和其他人述說發生了什麼事。穿過風暴時損失了太多人力。與奇異的巨殼獸戰鬥。被摧毀的誓門。假的寶心。這之後就不再會有人來打擾我們。」

沉淪地獄的，那也許行得通。

但弗廷冷靜的聲音似乎漂洋過海而來對她耳語。這是屬於她的時刻。她一生中最重要的一次交易。他們想要什麼？他們說自己想要的又是什麼？

颶風的，我還沒準備好面對這種事，她心想。

但妳還是得去做。

她深呼吸。「你真的認為你們假扮水手的手段高明到能騙得過熟人嗎？你軀體上的刺青，我猜是為了遮掩皮膚的接縫吧。你並不完全了解賽勒那人的舉止，所以才假裝是個外國人。你真以為這種謊言會有用？還是只會引發更多的謎團？」

尼柯力與她對望，沒有回答。

「這就是你們一直以來的問題，」芮心說。「每個謊言都會使謎團更加引人入迷。你們想要保護這裡，要是我能夠幫助你們呢？」

芮心覺得口乾舌燥。但她繼續對上怪物的目光。不，是尼柯力的目光。她必須把他當成她認識的那個人，那才是她能夠對話、能夠說服的對象。

他的內在也許是噩夢般的怪物，但他還是一個人。人都有需求。

他們被門邊傳來的腳步聲打斷。可絨穿著胸甲走進房間，她看似找到方法充能了。果不其然，她的雙拳透出尋獲寶石的光芒。

一方面，只穿著半套盔甲的她看起來有些可笑。與已運作的碎甲部分相比，她裸露的頭部與雙臂看起來就像是孩童般的大小。但她嚴肅的表情，還有以長矛重擊地面的動作……芮心發覺自己被這名年輕女子的決心給激勵了。

可絨以她的母語大聲地說了什麼。

「我們可以說費德語，」尼柯力說。「這樣芮心就聽得懂了。」

「很好，」可絨說。「我向你提出挑戰！你必須和我進行生死決鬥！」

「我想妳會發覺凡人是沒辦法擊敗我的，」尼柯力說。「妳不知道自己在說什麼。」

「那是同意的意思嗎？」可絨咆哮。

「妳堅持的話。」

「哈！」她說。「你被我騙了，神明！我是胡阿里南露那那其阿其露，弩母呼苦馬奇亞奇艾亞路納摩之女。他是法亞拉利奇諾，在新紀元的黎明拉動時刻之弓的人，變化的先鋒！如果你殺了我，就會違背七峰的古老盟約，所以你現在必須投降！」

尼柯力眨眨眼，以看起來極度像人的方式傳達他的困惑。「我……完全不知道妳想表達什麼。」他說。

「……你不知道？」

「沒錯。」

「不好意思。」她快步走向芮心，每一步都在石面上發出鏗鏘聲，然後跪下。「妳還好嗎？」

「在這狀況下算不錯了。」芮心說。「可絨……我想他們爲了保守祕密，會殺了所有人。」

「他們好像不知道古老的條約，」可絨悄聲說。「說實話，那條約是和別的神訂下的。我原本希望不眠之神也受到類似的束縛，但現在我不確定了。」她低下頭。「我不是戰士，芮心。我想要當一名戰士，也取得了碎甲，但我沒有受過戰鬥訓練。我甚至不知道有沒有辦法能戰勝這些神。在故事裡，你只能騙過祂們。」

「我比較希望，」芮心的聲音大到能讓尼柯力聽見。「我們能夠達成協議。祂們肯定是可以被說服的。」

「也許吧，」可絨說。「不眠之神是生命的守護者，祂們意在預防生命的終結。利用這點。」

芮心觀察尼柯力。他和同伴早就能殺了她，但他們卻在等待。他們願意談話。

雖然他們說沒有其他方法，但如果那是眞的，爲什麼她還活著？

「可絨說的是正確的嗎？」芮心問。「你們是生命的保護者嗎？」

「我們……」尼柯力說。「我們目睹過世界終結，因此發誓絕不讓那樣的慘劇再度發生。如有必要，我們會殺死少數以保護多數。」

「如果我提供另一個不必再殺害任何人的選項呢？」

「我們試過了，」尼柯力說。「我們用盡了一切能嚇走你們的手段。」他的皮膚沿著接縫裂開，似乎很焦躁。「風暴已經保護此地好幾世紀，直到最近才減弱到足以讓人通過。但我們很盡忠職守，芮心。到目前爲止我們已經殺了數百人。」

「你們從來沒仔細想過自己的方法是否有缺陷？沒錯，你們是可以再創造另一層假象。但那會有用嗎？還是只會洩漏出更多眞相而已？會不會導致人們更加蜂擁而來這座島？更加靠近眞正的祕密？你們藏在這些洞穴裡的祕密？

「你說你們希望守護生命，但依你們現在的作法，你們必須殺了我和可絨；你們必須殺了燦軍騎士。如果你們眞心對採取如此極端的手段感到抱歉，難道你們沒有欠自己——以及寰宇——一個機會，至少坐下來聽聽看還有沒有其他方法？」

她手心朝上，再次表達自己希望開始談判。

尼柯力望向他的兩名同伴，其中一個幾乎沒有努力裝成人類，她的皮膚裂滿寬大的縫隙，克姆林蟲在全身爬上爬下。兩人都沒有做出芮心能理解的回應，不過周圍令人不安的嗡鳴聲變得更響了。

終於，尼柯力走近——令芮心如釋重負——在桌子前坐下。

❈

洛奔勉強滾開，躲過打算將自己刺穿的蟲腳。但他的腳痛苦慘叫，不自然地垂在小腿末端，他因而痛得眼冒金星、擠出眼淚。在他周圍的痛靈多到可以舉辦遊行了。

「拜託，賀達熙祖宗的神明啊，」洛奔低聲說。「別讓我死在長得這麼蠢的怪物手下。拜託。」

水手們大喊大叫，擲出的長矛從甲殼上彈開，試著把牠的注意力從洛奔身上引開。洛奔試著單腳站起來跳走，但那實在是太痛了。他連爬都快爬不動。而且颶他的，他可不知道任何單腳的賀達熙人笑話。

他爬上石頭，怪物咆哮，完全轉向他。牠不知爲什麼知道燦軍比水手來得好吃，不然就是牠被洛奔的威嚴擄獲了。他趴在地上滿身是血痛到哭的威嚴。看來應該不是這個原因。

鹿艾變成一隻野斧犬，試著鼓勵洛奔前進，擔憂地四處跳動。輝歐從天上直接降落在洛奔之前，手持長矛，但他的光芒已經消散。他也被吸乾了？還是只是單純用完颶光？

洛奔揮手要他離開，和水手們一起逃走。但他堅定地站在原地。笨蛋芻螺腦——他穩穩地站在洛奔與怪物之間。當怪物扭身揮動附肢，輝歐看向洛奔，轉身迎上直刺而來的長矛腿。

「輝歐！」洛奔哭喊。

他的表親爆發出光芒。一陣冰冷的氣息沖刷過洛奔，他發現自己處於地面上一幅由寒霜所組成的巨大符文之中。

當怪物的腿要碰到輝歐時，男人的手中出現霧氣——形成一柄洛奔有史以來看過最大、最讚的碎錘。輝歐全力揮向怪物的腿，甲殼應聲破裂，紫色黏液噴濺在石頭上。

尼柯力瑟縮了一下。

「怎麼了？」芮心問。

「你的朋友們很能戰鬥。」他說。

「他們還活著？你還沒殺光他們？」

「我們捉住了船上的船長及船員，」尼柯力說。「我說服其他人先不要動手，至少等我和妳談過。」他伸出他的手。「一般來說，這會怎麼進行？」

「我是發起交易的那一方，」芮心說。「所以先由我提案。」

「妳沒有我們想要的東西。」

「你們想要能避免殺戮的方案，」芮心保持聲音冷靜。「我能幫助你們。」

「妳錯了。」尼柯力說。「我們的願望是避免能毀滅寰宇的力量再次失控，那才是我們想要的。只不過我們希望能盡量以造成最少傷亡的方式來進行。」

「這點我可以幫忙。」芮心說。「你們想要創造出讓所有人都相信的謊言？這一點，我能做的遠比你們好上更多。若由我回報阿奇那只是個陷阱，娜凡妮王后與賽勒那議會的反應一定會比你們自己傳達來得更好。」

「那需要我足夠信任妳，願意讓妳帶著太過重要的祕密離開這裡。」尼柯力說。「再者，留在船上的船員們看見我們的眞身了。就算我們之間達成了協議，那些水手還是必須死。」

「不。」芮心說。

「妳根本沒立場——」

「我絕對不會放棄船長或是任何一名船員的性命。這一點沒得談。他們是我的責任。」

尼柯力舉起手，就好像在說「我告訴過妳了，我們無法達成協議」。他這麼做時，每隻手指都稍微脫離手掌，露出底下的蟲腳，看起來令人非常不舒服。

芮心無法停止注視。「你們……到底是什麼？」她不自覺地喃喃自語，即便她該繼續專注在議題上。

「我們和你們一樣，」尼柯力說。「你們的身體是由稱爲細胞的個別微小單位所構成，我的身體也是由微小單位構成的。」

「克姆林蟲。」她說。

「由於我的種族並不是源於這顆星球的原生種，我們更偏好被稱為『種群』。」

「裡面其中一隻是你的腦嗎？」她問。

「有很多隻。我們的記憶存放在為此特別繁殖的種群體內，意識能力則由蟲群內許多不同成員共同維持。」

他搖動手指，小克姆林蟲——不，是種群——再次分離。「我們花了三百年才育種出能夠模仿人類手指的種群，但我們大多數依舊很不會模仿人類。我們缺乏你們的儀態，還有想法。

「我是我們之中最年輕的，但我比較……擅長使用這些部位。」他看著她。「我變得稍微了解人類了，芮心。我喜歡和你們談話、與你們相處。然而即便我很喜歡你們，就連我都被說服必須使用必要的手段。我們之間的僵局沒有任何方法可以緩解。」

「不，」芮心說。「有辦法的。」她強迫自己維持謹慎、講理的語氣，這是她的巴伯思訓練她熟練運用的。「你說水手已經看到你們了——這也能對我們有利。最好的謊言就是大部分內容都是實話。擁有許多目擊者支持我的說詞，會讓謊言更具信服力。」

尼柯力搖頭。「芮心，在寰宇中有許多我們幾乎無法辨認的力量，更別說追蹤他們了。邪惡的力量找到機會就要摧毀眾多世界，他們正搜尋著此地。現在阿奇那的遠古戍衛已全數絕種，就只能靠我們無眠者來保護這裡了。如果我們的敵人找到此地，他們能終結數十億生靈的性命。」他朝著壁畫一揮手。「晨碎（Dawnshard）是……」

他頓住。接著瞇眼細看。接著跳起身。有翅的種群從他頭顱中鑽出，飛越空中降落在壁畫上。牠們在牆上亂竄，另外兩人的種群也飛來加入。

「妳做了什麼？」尼柯力咆哮。他的頭裂成兩半，一邊的眼睛爬過臉側，讓人不寒而慄。「妳做了什麼？」

「我——我只是看著壁畫，然後——」

尼柯力突然移動，所有對話都終止了。他越過桌子抓住芮心的背心正面。可絨大喊試著攻擊他，但他的身體隨著打擊碎成一塊塊，接著個別種群開始爬上她的手臂，鑽進盔甲裡。

男人變成怪物，剩餘的種群湧向芮心。他打算殺了她。她不知道自己做了什麼，但很明顯談判已經結束，處刑準備開始。

在一切發生之際，一聲低沉、轟隆作響的吼叫，撼動了整個洞窟。

第19章

洛奔對輝歐的轉變太過震驚，讓他幾乎忘了身體上的痛楚。輝歐。輝歐居然比他早到達第三箴言？

颶他的！鹿艾在歡呼，而……嗯，洛奔也爲輝歐及他的靈感到開心。但輝歐好歹也表現得不好意思一點吧。他躲開下一隻腿，接著舉起碎錘——配合地變成了一柄長矛——向前投出。長矛飛得又快又直，像一道銀色光芒般擊中怪物頭部。他沒射中眼睛，但對碎具來說無關緊要。長矛直直穿過粗厚的甲殼，從另一端飛出。

像是巨大蠕蟲的怪物搖晃一下，接著倒下，發出讓洛奔感到肚子餓的喀啦聲。被痛打一頓後，什麼都比不上一頓蟹腿大餐。

輝歐喘著氣，崇敬地看著碎錘重新出現在手上。他轉過身，臉上掛著大大的傻笑，接著趕來幫助洛奔坐起身。

這個姿勢下，兩人都能清楚看見海灣正冒泡翻騰。又有六隻相同的怪物開始浮上水面。

「沉淪地獄啊，」輝歐嘀咕著。「表親，你還有更多颶光嗎？」

「沒了，你呢？」

「沒有了。我說出箴言時得到一陣爆發性的颶光，但很快就用完了。」

「我懂了，」洛奔說。「跟我說說看，如果現在請你揹著你優秀的表親跑向安全地帶，你意下如何？」

❋

那聲吼叫從洞穴天花板震落下來一些碎片，席捲芮心與可絨的種群停下動作。尼柯力只剩下一點人樣，他的臉孔與胸口裂開，皮膚掛在許多爬動的蟲腳上，體內不斷蠕動嗡鳴著。但大部分的種群都轉向聲音來源的方向。

開向側邊的房門大開，展現出放了巨殼獸頭骨遺骸的寬大走廊。芮心發誓那些頭骨有轉過來面向小房間。六具頭骨排成了一直線，越接近的尺寸越小，讓每一雙空洞的眼睛都能越過前方的頭骨向前凝視。

芮心感到身邊有東西在飛舞。是發著光的白色箭頭靈，就像魚一般跟著看不見的海流一起悠游，環繞著她與可絨。那聲吼叫縈繞在她耳裡，以及在她的記憶中。吼叫聲不再重複，但走廊中接續傳來了一聲更加尖銳的叫聲。緊接著一隻小動物跳起，降落在其中一具頭骨上。牠揮動翅膀，發出一聲強力——但又小巧玲瓏——的吼叫。

嘰哩嘰哩回來了。另一聲撼動芮心內在的吼叫聲肯定不是牠發出來的。但嘰哩嘰哩又用力叫了一聲。牠在巨大的頭骨上看起來……有點迷你，就好像拿著木劍的小孩站在全副武裝的騎士面前，但她還是從甲殼頭骨上跳下，在石面上奔躍，每一次跳躍都拍動牠的翅膀、大聲咆哮。牠放聲大吼，芮心從沒看過牠這麼憤怒。

拉金跳過芮心落在桌上，對著三名無眠者用盡全力威嚇。尼柯力的種群返回身體內，再次變回人形。

嘰哩嘰哩看起來好多了。牠甲殼上粉筆白的外層已經消失，變回了原本的紫褐色。考慮到體型，牠不算太嚇人，但已經盡了全力了。好孩子。牠站在芮心與尼柯力之間，充滿挑戰性的低吼、怒咬，還有嚎叫著。

「遠古戍衛，」尼柯力從桌子另一邊站起身，用費德語對嘰哩嘰哩說。「我們早該想到你會找到方法回來這間密室，但你不再需要保護這個祕密了。在你的種族殞落後，我們接下了這項任務。」

「那個祕密，」芮心說。「不知怎麼的……進到了我的腦裡。」

「很快就能改正回來。」尼柯力說。

「這些動物……」可絨說。「你說牠們曾經守護著這裡？」她在顫抖著，在親身體驗那些奇怪的蟲子爬上身後，芮心並不怪她。可絨轉頭望著走廊裡的頭骨，然後再次看向嘰哩嘰哩。「牠是其中的一員。牠回來守護寶藏了。」

「巧合罷了！」尼柯力說。「嘰哩嘰哩只是到了需要和鰻德拉締結才能繼續成長的階段。」

「牠的同胞們連長大都沒有過，」芮心說。「但嘰哩嘰哩長大了。是牠帶著我來這裡的。」

「靈在指引我們，」可絨說。「這是眾神的意志。」

「我腦內的力量叫我選擇，」芮心說。「不論那是什麼，都希望我接受它。」

「不是！」尼柯力說。「晨碎不是活的。它不會希望什麼事。妳偷了它！」

芮心知道，或至少有感覺到，他說的話部分是正確的。她獲得的並不是活著的東西。那是……別種東西。一項指令。它沒有意志，也沒有帶領她來這裡或是選中她。

但嘰哩嘰哩兩者都做了。

「你們有看到牠們嗎？」可絨指著洞穴頂端。「加入我們，看著我們？你們有看到眾神嗎？」

芮心深呼吸，接著再次手心朝上。「看來，」她說。「我的確擁有你想要的東西。我們要繼續談判嗎？」

「妳是小偷！」尼柯力說著走向芮心，種群從軀體上落下。「妳不能用偷來的贓物討價還價！」

他伸手抓向芮心，但嘰哩嘰哩轉身發出另一聲吼叫。這次有點不一樣。不是在發脾氣、也不只是警告。是最後通牒。叫聲在房間內共振，讓尼柯力猶豫了。

快想，芮心。妳得提供他什麼。很多商人都試著要賣出對方不感興趣的「好貨」，但這不是建立長久夥伴關係的方法。妳必須得提供對方他們眞正需要的東西。

尼柯力再次向前。嘰哩嘰哩低吼。

「別以爲我們必要時不會對遠古戍衛下殺手。」尼柯力告訴她。

「你聲稱想要保護這項東西，」芮心說。「但你做出的只有死亡威脅。」

「如果妳知道晨碎能做出什麼事……」

「不論那到底是什麼，現在都在我體內了。」

「幸好妳沒辦法使用它，」尼柯力說。「那超出妳的能力範圍。然而寰宇中有人能使用它做出恐怖之舉。」

芮心瞥向另外兩人，注意到他們的種群看起來有多緊張。她從尼柯力的聲音中聽出了遲疑。這是第一次她看清了他們的想法。

充滿恐懼。

他們在崩解。他們失敗了。他們用盡全力，但緊緊握住的祕密依舊洩漏了。如同弗廷教導她的那樣，她看透了他們的眼睛。感覺到他們的恐懼、他們的迷失、他們的不安。

「你們要墮落到何種地步，」她低語。「居然打算殺害你們崇敬的戍衛？把晨碎從持有者的腦中強行撕扯出來？你們自身已經成為了那些你們嘴上說著打算抵抗的對象。」

尼柯力頹然坐倒在地。他的皮膚裂開，讓他看起來就像個空殼。

不要提供他們嘴上想要的東西，她想。提供他們真正需要的東西。

「你說你們對抗的敵人隱藏在未知的地方，」芮心說。「他們能使用這個東西，但我沒辦法。那麼在我看來，存放它最安全的地方，就是我的腦海裡。」

「為什麼？」尼柯力質問。

「你們的祕密在洩漏，尼柯力。你們知道自己守不住了。颶風永遠在吹，牆總有一天會裂。你們匆忙地補著漏洞，但整座建築都要垮了。你們的謊言正在互相矛盾。

「你們害怕的那些人，他們一定會來。如果你們能夠觀察並發現他們的身分，你說說看幫助會有多大？如果你們設下的陷阱不是瞄準無辜的水手，而是用來困住他們？」

「無辜？」尼柯力問。「你們是來掠奪的。」

「是回收，」芮心說。「聽起來比較文明一點。再者，你也知道那只占了我們任務的一小部分。」

尼柯力沉吟。「太危險了。」他說。「如果我們的敵人來到這裡，他們會發現祕密的。」

「除非祕密不在這裡。」芮心說。「除非祕密在完全沒人想得到的地方，例如隨便一個女人的腦子裡。誰會想到你們願意讓別人帶著這麼強大的東西離開？

「尼柯力，有太多人在得到珍貴的寶物後就只是一直坐在上面，期待著哪天能夠完成一筆大交易。他們會想像那有多壯觀！他們會賺進多少錢！但與此同時，他們卻只吃著殘羹剩飯。你知道有多少人死去時，連碰都沒碰過巢中的卵嗎？

「你們想要的目標——保證這項祕密的安全——是做得到的，但你們必須要行動。你們要進行交易、結交盟友、分辨敵人。倘若只是坐在原地，緊緊地握住祕密……那行不通的。相信我，尼柯力。有時候你必須接受損失，繼續向前，這樣反而能發覺自己獲得了什麼。」

他繼續頹坐著，但許多種群在看著她。這讓人感覺很不舒服，但同時也充滿希望。

「尼柯力，」芮心低語。「記住我教過你的。關於該如何認識水手。關於欺凌新人。不要求完美的解法……」

「而是在不完美的世界裡，」他低聲說。「尋求不完美的解法。」他依舊像個空殼，但他的種群開始對另外兩群發出嗡嗚聲。

在來回嗡嗚一段時間後，尼柯力開口了。

「要達成這項協議的話，」他說。「需要什麼條件？」

「不用太多。我可以按照實情敘述發生的事，但隱去不談關於壁畫的部分。可絨和我游到這底下，找到了碎甲和魂師。你們爲了保護這些寶藏，準備攻擊我們，但最終懾服於此地遠古戍衛的一員，也就是嘰哩嘰哩。

「牠保護我的英勇舉動讓你們暫停攻擊。又因爲我們一起度過的時光，還有我能言善道的天性，成功說服了你們，證明我們並不是敵人。你們決定放我們走。」

「其他人會聽聞誓門的消息，妳藏不住的，所有人都會來到這座島。」

「正是如此！」芮心說。「這就是我們要的。讓他們開啓誓門，派一大堆學者來吧。你們所害怕的敵人呢？他們會待在島上，瘋狂尋找著早已不在此地的祕密！」

「因爲祕密在妳的腦海裡，」尼柯力說。「他們絕對想不到我們會允許這樣的事情發生。我們身爲星球的守護者，居然會讓這股力量進入凡人體內……的確是不完美的解法，但也許……」他對上她的目光。「這裡面有個漏洞。妳的人也許會相信我們就這樣放妳走了，但我們的敵人呢？他們一定會繼續挖掘眞相。」

「所以我們需要另一層謊言，」芮心點點頭。「當作留給他們發現的『祕密』。我們會跟所有人說你們因爲欽佩我們的舉止，決定放我們走，或是用更有……神祕感的說法。可絨，故事裡這種會面的結局大概是什麼樣子？」

可絨思考了一下，再次向上望。「運氣靈。傳說它們會帶人找到寶藏，對吧？但寶藏總會有守護者。在故事裡，完成他們的挑戰，就能得到獎賞。」

「這就是我們對一般人的說法，」芮心說。「但對於女王或其他權貴，我們就撒一道更加細緻的謊言——與事實非常接近的版本。我和你們談判、獲得了寶藏，也就是碎甲與魂師，但絕口不提我腦海裡的那東西。那些刺探祕密與眞相的人只會找到這個說法。」

「我們需要達成交易，」尼柯力說。「必須是可信的交易，能讓敵人相信我們願意進行交易的條件。可是我的族人沒有太多想要的……」

「但你們的確有。」芮心說。「你早先說過了，你們並不擅長模仿人類，所以我提出的交易條件是訓練你們。我願意帶上你們一些人，展示如何模仿身為人類應有的舉止。我會訓練你們。」

「這……」尼柯力說。「可能行得通。沒錯，他們會相信這個謊的。對我的族人來說，魂師基本上毫無用處。我們留著魂師只是基於尊敬，因為那是以前獻給遠古戍衛的供品。妳身邊就有一隻，所以把魂師交易給妳很合理……而且我們的確需要訓練。這確實是我們一直在抱怨的一點。」他望向可絨。「但她會知道祕密。」

「我來自山峰，」可絨說。「池之守衛者。你們知道我可以信任。」

尼柯力與其他族人以嗡鳴聲溝通，然後上下打量可絨。「如果我們同意這項交易，我們會將魂師交給芮心換取學習如何模仿人類的訓練與協助。然而，妳現在穿著的盔甲，是為晨碎的守護者所保留的。如果妳想擁有它，就必須要一併承擔起這項任務。」

「我……會考慮。」可絨說。「但在這之前，我有太多其他的責任了。」

「如果我們接受交易——我不能保證一定會，因爲這要經過所有無眠者投票決定，但這個女人一定要受到保護。她需要護衛！」

「我有晨碎的拉金戍衛在我身旁，」芮心說。「如果你們的說法正確，她才是眞正的護衛。我當然歡迎更多協助，但請記住，這一切的重點正在於不要洩漏出我持有晨碎。太多人保護我反而會適得其反。我相信你們的種群一定會偷偷監視我，我肯定沒辦法阻止你們。說實話，我也希望你們眞的在我左右。」

「再加上，」可絨說。「這對我們的謊言有利——如果你們的敵人發現你們在芮心附近，他們會認爲你們是根據交易條件來接受訓練的。」

「我們還在考慮這項交易，」尼柯力說。「那還沒得到一致同意。妳甚至不知道妳做了什麼，芮心。妳不了解在妳腦中的是什麼。」

「所以……告訴我吧？」

尼柯力大笑。「言語是無法解釋的。晨碎是項指令，芮心。是神的意志。」

「我感覺你是對的，但……我一直把晨碎想像成是武器，像是神話中的榮刃那類。」說實話，她幾乎沒聽過「晨碎」這個詞，印象裡她總是把它和榮刃搞混。

「最強力的封波術已經超越凡人所能理解的形式，」尼柯力說，他的種群開始爬回原位，再次組合成軀體。「這些最爲強大的應用都需要意旨與指令，遠超過任何個人的能力範圍。如果要下達這些指令，就必須擁有與神同等寬廣的認識與理解。這就是晨碎，創造萬物，最爲原始的四道指令。」他暫停了一下。「並且最終，它們被用來解體雅多納西……」

可絨以母語低聲說了些什麼。

「所以妳知道。」尼柯力對她說。

「有一些歌曲……」可絨說。「很久以前的。關於這個……指令穿過池子而來。」她再次以母語低語，聽起來像是某種祈禱文。

芮心注意到在她附近爬行的幾隻種群。牠們看起來非常像迷你版的嘰哩嘰哩。

「我們曾經以爲，」尼柯力留意到她的反應。「最後的連宗里已經死去，我們跟牠們所培育出的少數種群是唯一剩下的血脈。這些血統很低劣，但給了我們抵銷颶光的方法。妳的嘰哩嘰哩是我們已知存活的第三隻拉金——卻是唯一一隻成熟到需要回歸此處的。」

嘰哩嘰哩已在桌上坐下，但還是監視著三名無眠者，發出警告的喀喀聲。

「為什麼……你剛剛是說牠需要回歸嗎？」芮心問。「牠還會再次生病嗎？」

「大型的巨殼獸需要與鰻德拉——你們口中的運氣靈——締結，才不會被自己的重量給壓死。這裡的鰻德拉很特別，更小隻，但比其他種類更強力。要讓連宗里——現在被稱作拉金——這麼重的動物飛起來是很不容易的。嘰哩嘰哩每幾年就要回來一次，直到牠長成成體。」

「成體？」芮心轉身看向那些頭骨。「喔，颶風的……」

「妳根本不應該來這裡，」尼柯力說。「妳早該被勸退的。但……我們不能否認妳說的是對的。妳的確是被遠古戍衛的需求引領來此地。不幸的是，妳說的其他事情也是對的。我們的祕密已洩漏至全世界。晨碎不再安全。我得說……我沒想過會在這方面被妳說服。」

「商主的職責就是找出需求，然後滿足它。」芮心說。她感覺得到腦海深處的那股奇異壓力。這是項指令？那是怎麼藏在壁畫裡的，又是怎麼入侵她的腦袋的？什麼樣的指令不是由白紙黑字寫下，而是灌輸進對象之中，就好像颶光灌滿錢球一樣？

尼柯力站起身，他的種群安至定位。他拉緊長袍。「我們會進行討論，」他身後另外兩人已完全分解，變成一堆蟲子。「然後進行投票。這花不了太多時間，因爲另外兩人已經將我們的交談轉達給所有蟲群了。我們溝通的速度比人類快得多。」

「尼柯力，」芮心說。「當你和他們談話時，我有個請求。在我們國家，進行重要的合約談判時，雙方常會請人格證人參與，證明負責談判的人在道德上值得信任。請告訴我，你是跟我一起旅行了好幾個月的那個尼柯力嗎？不是取代了眞正尼柯力的仿冒者吧？」

「我就是妳當時僱用的那個人。」尼柯力說。「我原本的任務是觀察遠古戍衛，評估牠是否被妥善照顧。此外，我們合理懷疑會由賽勒那派出船隻進行這項遠征，妳的船又是艦隊中的佼佼者，所以將我安插入流浪帆號的組員是個簡單的決定。」

「然後你和我一起航行，」芮心說。「你了解我。當你和其他人說話時，我希望你能誠實地告訴他們，你對我的想法。」

「我不知道那——」

「我只希望你誠實就好。」芮心說。「跟他們說說我，還有我是個什麼樣的商主。」

他點點頭，接著分裂成種群，就好像一個人在冰寒的南風中凍結，再粉碎成千萬片。

可絨在她身邊蹲下。「妳做得很好，」她低聲說。「和歌曲裡提到與危險的神打交道的人一樣好，但妳沒有騙過祂們。」

「希望這樣更好。」芮心低聲回應。

可絨點頭，開始著手將碎甲剩下的部分充能。她很明顯是想先準備好，以防萬一。

但那救不了她們的。芮心緊繃地等待，看著種群發出聲響、四處移動，就好像每一隻都還是有一點點的自主性。尼柯力說他與同伴的談話不會太久，然而芮心覺得這段等待簡直難以忍受。

大約五分鐘後，尼柯力重組成形。「結束了。」

「然後……結果怎麼樣？」芮心問。

「他們……聽進妳的提議了。其他人認爲妳的提議很有潛力，尤其對於欺騙敵人的雙層謊言感到很滿意。不過我的同胞堅持要加上另外兩項條件：妳無論如何都永遠不能與靈締結、成爲燦軍。」

「我想……嘰哩嘰哩也不太願意分享我。」她說。「我沒有考慮過要當燦軍，至少沒有認眞想過。」

「另外，妳不能告訴任何人發生在妳身上的事情，」尼柯力說。「除非妳先問過我們。我……向他們解釋了人類有向別人傾訴的需求。他們說可絨可以擔任這個角色，但我提出我們可能還需要其他人。如果我們想維持這項祕密，並且與人類合作保護晨碎，很可能會需要更多人協助。妳在行動前必須先問過我們，並且只能告訴他們我們同意透露的部分。」

「我同意這些條件，」芮心說。「只要你們承諾我的船員不會受到傷害。他們……還活著，對吧？」

「很遺憾，他們在海灘上與某些……專精於特殊方面的種群起了衝突。」尼柯力說。「燦軍們已經帶領船員去躲藏在城市中，但我確信已有三名水手身亡。還待在船上的那些人則因爲我的要求，依然安然無恙。」

想著她所辜負的人，芮心感到腹部一絞。但同時，她原本擔心會有更大的傷亡數字。這已經比她恐懼的來得好多了。

「還有妳，」尼柯力對可絨說。「妳會保護晨碎，爲護衛它而戰鬥嗎？」

「不會。」可絨站立著，頭盔夾在腋下。

「但——」

「我不是士兵，」可絨的音調變得柔和。「我不是戰士。我要接受訓練才能派上用場。我會前往戰場學習使用這項禮物。雖然我父親拒絕參與，但我會和虛無戰鬥。當我完成這項目標後，才會考慮你們的要求。」

尼柯力瞥向芮心，她聳聳肩。「我覺得……她講得有道理，尼柯力。」

「好吧。」尼柯力以非常人類的方式嘆氣。「但可絨，妳必須以妳母親與父親的榮譽起誓會保守這項祕密，絕不會告訴其他人。就連血親也不例外。」

「我沒想到你們這麼了解我的同胞，」可絨說。「我會發誓。」她接著以母語起誓。

「我們達成協議了嗎？」芮心充滿希望地問。

「是的，」他說。「我們可以擇日再討論其中的細節，但我們已同意妳的提議，芮心・弗托力，巴弗廷。以榮譽交換妳們的性命。以訓練與協助我們的承諾來交換碎甲與魂師。」

一陣放鬆感席捲過芮心。她在聽從弗廷的教導時，從沒想過有一天需要用這些技術來拯救自己的性命。甚至達成在這之上的事情。

「所以，芮心現在算是持有碎具嗎？」可絨問。「一名……晨碎師？」

「不，」尼柯力說。「她並未持有任何東西。現在，她本身就是晨碎。這才是晨碎運作的法則。」他向芮心一鞠躬。「我們會再次談話的。」

芮心抓住凳子穩住身體，接著回禮。

颶他的，她心想。我做了什麼？

妳必須做的事，她心中的另一部分想。妳已經適應了。妳重塑了自己。

到了此時，她才終於些微地掌握到體內的指令到底是什麼。那是重塑事物的神之意志，使其變得更好。

這是改變的力量。

尾聲

洛奔親切地拍拍石頭。「我永遠都不會忘了你們，」他對石頭說。「還有我們一起度過的時光。」

露舒收起她的筆記本，顯然已經完成對城市遺跡的素描。戰鬥已結束數小時，他們正在最後一次繞行此地。

「你們眞的很勇敢，」洛奔告訴石頭。「雖然我知道你們只是石頭，聽不見我說話——因爲你們是死的，或者從來沒活過——我還是要說我對你們的犧牲很感激。」

「你可不可以……別這麼怪？」露舒問。「就一天也好。當作是嘗試一下？以我們其他人的角度體驗世界？」

「妳也看到了這些石頭做的事。」

「我是看到其中一隻怪物被絆倒，」露舒說。「如果你是指這個的話。」

在怪物趕上他們之前，大家都成功地撤退到城市遺跡裡，洛奔則被輝歐背著。他還記得自己躲在其中一座倒塌的建築物裡——露舒預先替他們找到了一些有屋頂的建築，等待一切終結。接著其中一隻怪物絆倒了。

當然，五分鐘過後，牠們就全部回到了海裡。洛奔當下並不知道，那是由於芮心光主達成了和平協議。不過，怪物被石頭絆倒至少幫他們爭取了十秒鐘。

「你的表親不是切切實實地救了你一命嗎？」露舒跟上洛奔，一起返回海灘。

「是啊。」洛奔說。

感謝輝歐比感謝一堆石頭難得多了，所以洛奔想先練習一下。

其雷德與兩艘小船在海灘邊等待，準備載他們返回流浪帆號。這趟旅程不知怎麼從差點死掉變成了滿載而歸。一套碎甲、堆成山的寶石——這次是眞的，還有好幾具魂師？

「提醒我永遠不要跟芮心光主作對。」洛奔說。「我不知道她是通過了哪些考驗，但我實在不敢相信我們會因此發大財。還有，妳知道的，活下來。」

「沒錯，我同意。」露舒說。「這裡面有點怪怪的，是不是？」她拿筆輕點著嘴唇，搖了搖頭，走下海灘登上小船。他們要朝賽勒那啓航——現在神祕的試煉已經結束，他們是可以繼續留下來，但沒人想要再多待一會，幹嘛跟命運過不去呢？

在海灘上，洛奔向其雷德點點頭。他和露舒坐上同一艘船，讓洛奔與輝歐獨自乘坐另一艘。輝歐看似很驚訝，其實這是洛奔安排的。他坐進位子，開始搖槳。只要你有兩隻手，這其實不算太難。

「眞不敢相信我們能脫身，」輝歐看著島嶼遠去。「你覺得在海底的洞穴裡發生了什麼事？」

「我想，那不關我們的事。」洛奔說。

輝歐咕噥一聲。「有智慧，表弟。沒錯。很有智慧。」

他們安靜地坐了一段時間，洛奔負責將船划向流浪帆號。「所以，」洛奔終於發問。「第三箴言，嗯？恭喜啊，表哥。」

「謝謝你。」

「內容是……你願意保護自己所恨的人。至少對卡拉丁、泰夫，還有阿席都是。」

「沒錯。」輝歐說。

「在你說出來之前，」洛奔輕聲說。「正盯著我看。」

「不一定是你想像的那樣。」輝歐說。「你也有聽到泰夫告訴我們他的誓言。對他來說，那代表他理解到不能再繼續痛恨自己了。」

「對你來說也一樣嗎？」洛奔慢慢地划著槳。一下接著一下。當輝歐沒有回應，他更柔和地說。「沒關係的，輝歐。我能聽的。我必須得聽。」

「我不恨你，洛奔。」輝歐說。「誰有辦法恨你呢？肯定要是非常苦悶的人才辦得到。」

「這句話就像獨一無二的洛奔一樣，感覺底下還有非常厲害的東西沒露出來。」

輝歐微笑，接著向前傾。洛奔的表哥總是如此嚴肅，體型像是巨岩，行動也類似，還頂著大禿頭。所有人都誤解了輝歐。或許獨一無二的洛奔也是。

「我不恨你，」輝歐說。「但你有時眞的很討厭，表弟。我、普尼歐、芙莉塔，甚至是隆德嬷嬷。你開玩笑的方式有時候會傷到我們。」

「我……」

「沒錯，但非得要這樣子不可嗎？」輝歐問。「你難道不能少取笑別人一點嗎？」

「我就是會跟我愛的人開玩笑。我就是這樣子。」

颸他的。這是眞的嗎？他們心裡是這樣看待他的嗎？洛奔露出微笑，向輝歐點頭，他看來因爲對話很順利而鬆了一口氣。

他們回到船上，洛奔與迎面碰上的水手談笑，鹿艾在他頭上飛舞。他緩步回到和輝歐共享的小艙房中。目前輝歐將空間讓給了他一個人。他坐下，盯著前方。

「其他人……會抱怨我嗎？」洛奔問坐在桌上的鹿艾。「我的笑話……眞的會傷到人嗎？」

小小的靈聳聳肩，接著點頭。有時候會。

「颶父啊，」洛奔低聲說。「我只是想讓大家開心。那才是我想做的。讓他們微笑。」

鹿艾再次點頭，舉止肅穆。

洛奔感覺胸口一陣刺痛，羞恥靈在他周圍如花瓣般飄落、擴散著，似乎要包裹住他。他想蜷成一團，再也不要說任何話。也許其他人會比較喜歡這樣。一個安靜的洛奔。

颶他的，他想。不。不，我要像個橋四隊的一員那樣承受下來。箭刺中我的心臟，但我能拔出來痊癒。輝歐原本可以隱瞞實情，一笑置之的，但他相信洛奔能夠承受這道傷口。

「我會做到的，」洛奔站起身。「我要保護大家，你知道吧？甚至是保護他們不被我自己傷害。我必須重新專注成爲有史以來最棒的洛奔。更好、更進步、超級無敵棒的洛奔。」

鹿艾朝空中舉起一個拳頭，接著小小靈往側邊倒下。

「鹿艾？」洛奔彎腰貼近。「你在捉弄我嗎，仔仔？」

鹿艾消失。一把小小的銀色匕首出現在他的位置上。什麼羅沙玩意？洛奔撿起匕首。它有實體，不只是虛象。這是……

箴言已被接受。

一股寒霜與力量在洛奔周圍爆發。

「颼我的！」洛奔大喊，看向天花板。「你又來一次？我在外頭差點就死了，而你居然現在才接受箴言？」

這是對的時刻。

「戲劇性呢？」洛奔質問天上。「時機點呢？你眞的很不會做這個耶，大判兮！」

你冒犯我了。為你所擁有的感到知足。

「我根本不知道我說出口了！」洛奔嘀咕著。

颼他的。笨誓言。但他試用匕首，它變成一柄漂亮的銀劍，上頭有著華麗的裝飾。他本來以爲鹿艾會在上面刻個不雅手勢的花紋。正當他這麼想時，同樣的花紋果然就出現了。嗯哼。

這開啓了很多種可能……

不，不。他會變得更好。不再惡作劇了。嗯，好吧，少一點惡作劇。他做得到的。從自己手中保護其他人。有誰聽過這種誓言啊？

但他畢竟是獨一無二的洛奔，發生在他身上的事情本來就應該不一樣。「嘿，輝歐！」他大喊著，用力拉開門。「你絕對猜不到剛剛發生什麼事了！」

❋

直到狂風停止吹拂、沉靜的陽光從舷窗照進艙房之後，芮心才眞正放鬆下來。船終於脫離阿奇那周邊的風暴。

他們眞的被允許離開了。

不過，她並不是獨自一人。有一些種群祕密地伴隨她上船。他們是無眠者的代表，負責接受她的訓練，還有看守她。這大概會持續一輩子。

但協議已經達成，細節也處理妥當。這可以算得上是最佳的謊言，因爲她幾乎不需要說謊。他們的說詞幾乎全都是眞實的，但只有芮心與可絨知道全部的祕密。

嘰哩嘰哩在窩裡的一堆毛巾上啼叫。牠現在看起來好極了，顏色飽和，整趟旅程都在房間裡跳來跳去，還有貼近天花板飛翔。芮心從沒看過牠這麼活力充沛。

嘰哩嘰哩長到像裂谷魔那麼大時還能繼續飛翔嗎？尼柯力的意思是肯定的。颶風啊，芮心該怎麼辦？那會花上多久時間？

只能到時候再來處理了。她倒是對另一項負擔比較沒信心，也就是她腦海裡的那一項。她整趟旅程都在想自己是否屬於這裡、配得上這個位子。而現在她已經來到了沒有任何巴伯思能夠教導她橫越的領域。

但她過去這幾年的確很頻繁地練習了要如何挺直腰桿。某種程度上，她發現自己感到安慰。如果從沒有人走上這條路，那她就不必跟任何人做比較，對吧？她不必成爲弗廷。在這方面不需要。

「這是爲什麼你選上我嗎？」芮心問嘰哩嘰哩。「妳知道我能承受這個嗎？」

拉金激勵地叫著，出乎意料地讓她感覺好多了。芮心用雙手挪過長椅，倒了杯茶。她終於覺得足夠放鬆，能夠來閱讀王族們的回應了。他們會想親自跟她面談、詢問細節。到時她會向他們坦白第二層的半謊言，也就是她同意訓練無眠者。

颶他的。是她的問題，還是這杯茶特別好喝？她檢視著茶，接著看向從舷窗流瀉而入的陽光。那是不是……比平常更明亮？爲什麼她房間的色彩突然變得更飽滿鮮明了？

一聲敲門聲傳來。

「請進。」她又啜了一口美妙的茶。

德宛船長進了門，接著鞠躬。門外，可絨持續警戒芮心的房門，她依舊穿著全套碎甲。「妳眞的要讓她留著碎甲？」德宛站直後柔聲問。

「那是可絨發現的，」芮心說。「傳統上第一個發現碎具的人就能擁有它。」她說話時，指令發出溫暖的脈動。「更何況，可絨救了我的命。」

「雅烈席人不會高興的。」德宛說。「他們常常會很可疑地——但又很強硬地——聲稱碎具屬於他們。」

「他們得乖乖接受失去這一套的痛苦，」芮心說。「畢竟他們會得到三具魂師。」

德宛對此微笑。其中五具新魂師會交給賽勒那。許多年來，雅烈席卡幾乎壟斷了創造食物的魂師，但現在賽勒那也有兩具了，另外還有一具可以創造金屬的、一具創造煙霧的、還有一具創造木頭的，可以與城裡長久以來用以製造航海木材的舊魂師做搭配。

這份寶藏會讓賽勒那受益好幾代，再加上在洞穴裡找到的那些寶石，船員們也可以得到應許的財富，做為遭受性命危險的報償。

她依舊爲死去的三人哀悼。他們死後沒多久協議就達成，感覺像是白白浪費了他們的性命。她心想，不知道將軍會不會替和約達成前才剛陣亡的士兵們哀悼。

德宛船長坐在書桌旁的位子上，很長一段時間都沒說話，只是看著芮心身後從舷窗射入的陽光。

「在……那些東西出現之後，」德宛終於開口。「我沒想過我們居然還能再次見到陽光。就連妳回來後，我都還覺得牠們會在流浪帆號準備啓航時派出怪獸、擊沉我們，然後歸咎於風暴。」

「我必須承認，」芮心說。「我也有相同的擔憂。」

「牠們到底是什麼，芮心？」船長問。「講眞的？牠們看起來就像來自噩夢或虛無的怪獸。」

「和我們不同的，一開始看起來都很恐怖。」芮心說。「但弗廷教過我要看穿自己的成見。在這次的例子裡，這代表要看穿我原先以爲身爲人的定義，從看起來像噩夢般的存在裡識見人性——還有恐懼。」

「牠們告訴了我，」船長說，「妳做了什麼事。」

芮心感到一陣警戒，茶杯半舉到嘴邊。什麼？在經過這一切後，他們就這樣談論起晨碎？

「在妳回來之前，」德宛說。「船上要離開的那些生物有跟我說話。牠們告訴我，妳曾經有過只求自己活命就好的機會，但他們說妳堅持不願談判，除非他們保障所有船員的安全。」

啊，這部分啊。芮心的警戒消散。「我做了所有瑞伯思都會做的事。」

「不好意思，」船長說。「妳做的是所有好瑞伯思才會做的事。一名值得這組船員的瑞伯思。」

她們交換眼神，芮心點頭表示感謝。

「在我們離港進行第三趟旅程時，」德宛站起身。「如果船員能看見妳掌舵一小段時間就太好了，是吧？」

「我會非常榮幸，」芮心的聲音哽咽了。「眞心的。」

德宛微笑。「希望我們下次的旅程能夠……普通一點。」

芮心的目光捕捉到紫色的克姆林蟲，牠就躲在牆與天花板接壤的陰影處。奇怪，她現在能更清楚地看出陰影的對比了。而且……爲什麼德宛的聲音聽起來有種音樂般的韻律？

「我想，」芮心說。「我會選擇我能找到最無聊、最平庸的遠征，船長。」

德宛看來很滿意。

芮心向後坐，一個勝靈從她頭上消散。她思考著剛才的話。平庸。無聊。她有種感覺，以後的生活大概與這兩個詞再也沾不上邊了。

（全書完）

中英名詞對照表

A

Adonalsium　雅多納西

Aimia　艾米亞

Akinah　阿奇那

Alalhawithador　奧亞哈力薩鐸

Alethi　雅烈席人

Alethkar　雅烈席卡

Alm　奧姆

Alsrben　奧茲班

Anticipationspren　期待靈

Anxietyspren　焦慮靈

apaliki'tokoa'a

阿帕利奇托寇亞阿

Arclomedarian　阿克洛枚達瑞

Ardent　執徒

Artifabrian　法器師

Ash (Shalash)　艾希（紗拉希）

Awespren　讚嘆靈

Azimir　亞西米爾

Azir　亞西爾

Azish　亞西須人

B

Babsk　巴伯思

Blackbane　黑毒葉

Bow of Hours　時刻之弓

Brekv　布瑞克夫

C

Caelinora　凱利諾菈

Centerbeat　中心搏

Chanrm　查潤

Chiri-Chiri　嘰哩嘰哩

Chorlano　丘拉佬

Chull　芻螺

Command　指令

Cord　可絨

Cremling　克姆林蟲

Cultivation　培養

D

Dalinar Kholin　達利納・科林

Dawnchant　晨頌

Dawnshard　晨碎

Decayspren　腐靈

Deshi　德西人

Dok　多克

Drlwan　德宛

Dustbringer　招塵師

E

Epoch Kingdom　時代帝國

F

Fabrial　法器

Fal'ala'liki'nor　法亞拉利奇諾

Fearspren　懼靈

Fen　芬恩

Fim kn　芬肯

First Dreams　始夢號

Flamespren　火靈

Fleeta　芙莉塔

Flend　弗藍德

Fused　煉魔

G

Gancha　大姥

Gancho　大佬

Gift　給福

Gloomdancer　暗舞者

Gloryspren　勝靈

Guardians of Acient Sins
遠古罪行之戍衛

Guardians of the pool
池之守衛者

H

Herdaz　賀達熙

Herdazian　賀達熙人

Hexi　賀西

Horneater　食角人

Hregos　赫哥

Hualinam'lunanaki'akilu　胡阿里南露那那其阿其露

Huio　輝歐

I

Intent　竟旨

Introspections　《內省論》

Iriali　依瑞雅利人

J

Jah Keved　賈・克維德

Jasnah Kholin　加絲娜・科林

Joyspren　悅靈

K

Kaladin　卡拉丁

Klisn　克利辛

Knights Radiant　燦軍騎士

Kstled　其雷德

L

Laceryn　連佘里

Larkin　拉金

Lashing　捆術

Lavis　拉維穀

Leyton　雷頓

Liafor　利亞佛

Lighteye　淺眸人

Lightweaver　織光師

Liki　利奇

Logicspren　邏輯靈

Longbrow　長眉

Lopen　洛奔

Lackspren　運氣靈

lunu'anaki　魯弩阿那奇

Lyn　琳恩

M

mala'lini'ka　馬拉利尼卡

Mama Lond　隆德嬤嬤

Man-at-arms　武裝長

Mancha　滿查

Mandra　鰻德拉

Marat　瑪拉特

Misra　妞仔

Mura　穆菈

N

Na-Alind　納阿令德

Naco　仔仔

Navani Kholin　娜凡妮・科林

New Natanan　新那坦南

Nikli　尼柯力

Nikliasorm　尼柯力亞索門

Nlan　恩藍

Numuhukumaki'akiaialinamor　弩母呼苦馬奇亞奇艾亞路納摩

O

Oathgate　誓門

Ornachala　歐納茶

P

Penhito　大判兮

Perpendicularity　垂裂點

Phendorana　芬朵菈娜

Plamry　普藍瑞

Pleadix　庇里亞底斯

Pluv　普魯夫

Punio　普尼歐

Purelake　純湖

R

Ral-na　拉爾那

Rebsk　瑞伯思

Relu-na 雷魯納

Reshi 雷熙

Rockbud 石苞

Rod 羅德

Roshar 羅沙

Rua 鹿艾

Rushu 露舒

Rysn Ftori Bah-Vstim

芮心・弗托里・巴弗廷

S

Sailorspren 水手靈

Santhid 山提德

Santhidyn 山提德獸

Scouring 清滅

Screech 尖嘯

Sea Hag 海巫

Sealing 汐林蟲

Sella 姐仔

Separated 分群

Seven Peaks 七峰

Shallan 紗藍

Shamespren 羞恥靈

Shard 碎具

Shardblade 碎刃

Shatter Plain 破碎平原

Shockspren 驚愕靈

Sighted 視者

Sigzil (Sig) 席格吉（阿席）

Skyeel 天鰻

Sleepless 無眠者

Smta 斯梅塔

Soulcaster 魂師

Soulcasting 魂術

Squire 侍從

Starspren 星靈

Steen 使丁

Stormlight 颶光

T

Talik　塔里克

Tashikk　塔西克

Thaylen　賽勒那人

Thaylenah　賽勒那

The Rock of Secret　祕密之岩

Toa　托亞

Trademaster　商主

Triax　特里亞斯

tuli'iti'na　吐利依堤那

Turlm　圖沃姆

U

Urithiru　兀瑞席魯

V

Vazrmeb　伐哲梅

Veden　費德人

Velo　威哥

Vlxim　維克辛

Void　虛無

Voidlight　虛光

Vorin　弗林教

Vstim　弗廷

W

Wandersail　流浪帆號

Wavespren　浪靈

Windrunner　逐風師

Wind's Pleasure　隨風號

Wvlan　烏弗藍

Y

Yelamaiszin　業拉麥司辛

Yelb　亞耶伯

Z

Zyardil　載亞鋨

BEST 嚴選

書號	書名	作者	定價
1HB004C	諸神之城：伊嵐翠（十周年紀念典藏限量精裝版）	布蘭登．山德森	520
1HB004Y	諸神之城：伊嵐翠（十周年紀念全新修訂版）	布蘭登．山德森	520
1HB013	刺客正傳 1：刺客學徒（經典紀念版）	羅蘋．荷布	299
1HB014	刺客正傳 2：皇家刺客（上）（經典紀念版）	羅蘋．荷布	320
1HB015	刺客正傳 2：皇家刺客（下）（經典紀念版）	羅蘋．荷布	320
1HB016	刺客正傳 3：刺客任務（上）（經典紀念版）	羅蘋．荷布	360
1HB017	刺客正傳 3：刺客任務（下）（經典紀念版）	羅蘋．荷布	360
1HB019	迷霧之子首部曲：最後帝國	布蘭登．山德森	380
1HB020	迷霧之子二部曲：昇華之井	布蘭登．山德森	399
1HB021	迷霧之子終部曲：永世英雄	布蘭登．山德森	399
1HB030	懸案密碼：籠裡的女人	猶希．阿德勒．歐爾森	320
1HB031	迷霧之子番外篇：執法鎔金	布蘭登．山德森	320
1HB034	颶光典籍首部曲：王者之路（上）	布蘭登．山德森	499
1HB035	颶光典籍首部曲：王者之路（下）	布蘭登．山德森	499
1HB036	懸案密碼 2：雉雞殺手	猶希．阿德勒．歐爾森	320
1HB037	末日之旅．上冊	加斯汀．柯羅寧	399
1HB038	末日之旅．下冊	加斯汀．柯羅寧	399
1HB039	懸案密碼 3：瓶中信	猶希．阿德勒．歐爾森	380
1HB041	懸案密碼 4：第 64 號病歷	猶希．阿德勒．歐爾森	380
1HB042	皇帝魂：布蘭登．山德森精選集	布蘭登．山德森	320
1HB047	末日之旅 2：十二魔．上冊	加斯汀．柯羅寧	380
1HB048	末日之旅 2：十二魔．下冊	加斯汀．柯羅寧	380
1HB049	陣學師：亞米帝斯學院	布蘭登．山德森	320
1HB053	審判者傳奇：鋼鐵心	布蘭登．山德森	320
1HB054	懸案密碼 5：尋人啟事	猶希．阿德勒．歐爾森	380
1HB057	刺客後傳 1：弄臣任務（上）（經典紀念版）	羅蘋．荷布	360
1HB058	刺客後傳 1：弄臣任務（下）（經典紀念版）	羅蘋．荷布	360
1HB059	刺客後傳 2：黃金弄臣（上）（經典紀念版）	羅蘋．荷布	360
1HB060	刺客後傳 2：黃金弄臣（下）（經典紀念版）	羅蘋．荷布	360
1HB061	刺客後傳 3：弄臣命運（上）（經典紀念版）	羅蘋．荷布	450
1HB062	刺客後傳 3：弄臣命運（下）（經典紀念版）	羅蘋．荷布	450

書號	書名	作者	定價
1HB068	異星記	休豪伊	340
1HB071	亞特蘭提斯·基因(亞特蘭提斯進化首部曲)	傑瑞·李鐸	399
1HB072	亞特蘭提斯·瘟疫(亞特蘭提斯進化二部曲)	傑瑞·李鐸	399
1HB073	亞特蘭提斯·新世界(亞特蘭提斯進化終部曲)	傑瑞·李鐸	399
1HB074	審判者傳奇 2 熾焰	布蘭登·山德森	360
1HB075	血歌終部曲：火焰女王（上）	安東尼·雷恩	420
1HB076	血歌終部曲：火焰女王（下）	安東尼·雷恩	420
1HB077	永恆守望	大衛·拉米瑞茲	399
1HB078	EPIC 史詩奇幻：英雄之心	約翰·喬瑟夫·亞當斯	480
1HB079	颶光典籍二部曲：燦軍箴言（上）	布蘭登·山德森	550
1HB080	颶光典籍二部曲：燦軍箴言（下）	布蘭登·山德森	550
1HB081	變態療法	道格拉斯·理查茲	360
1HB082	字母之家	猶希·阿德勒·歐爾森	450
1HB083	刺客系列〈蜚滋與弄臣 1〉弄臣刺客（上）	羅蘋·荷布	499
1HB084	刺客系列〈蜚滋與弄臣 1〉弄臣刺客（下）	羅蘋·荷布	499
1HB085	懸案密碼 6：血色獻祭	猶希·阿德勒·歐爾森	450
1HB086	妹妹的墳墓	羅伯·杜格尼	380
1HB087	刀光錢影 5：蜘蛛戰爭（完結篇）	丹尼爾·艾伯罕	450
1HB088	審判者傳奇 3 禍星（完結篇）	布蘭登·山德森	360
1HB089	刺客系列〈蜚滋與弄臣 2〉弄臣遠征（上）	羅蘋·荷布	550
1HB090	刺客系列〈蜚滋與弄臣 2〉弄臣遠征（下）	羅蘋·荷布	550
1HB091	末日之旅 3 鏡之城·上	加斯汀·克羅寧	450
1HB092	末日之旅 3 鏡之城·下（完結篇）	加斯汀·克羅寧	450
1HB093	軍團（布蘭登·山德森短篇精選集 II）	布蘭登·山德森	380
1HB094	懸案密碼 7：自拍殺機	猶希·阿德勒·歐爾森	499
1HB095	刺客系列〈蜚滋與弄臣 3〉刺客命運（上）	羅蘋·荷布	699
1HB096	刺客系列〈蜚滋與弄臣 3〉刺客命運（下）	羅蘋·荷布	699
1HB097	被遺忘的男孩	伊莎·西格朵蒂	380
1HB098	迷霧之子──執法鎔金：自影	布蘭登·山德森	450
1HB099	失蹤	卡洛琳·艾瑞克森	380
1HB100	雨野原傳奇 1：巨龍守護者	羅蘋·荷布	599
1HB101	雨野原傳奇 2：巨龍隱地	羅蘋·荷布	599
1HB102	雨野原傳奇 3：巨龍高城	羅蘋·荷布	599
1HB103	雨野原傳奇 4：巨龍之血（完結篇）	羅蘋·荷布	599
1HB104	迷霧之子──執法鎔金：自影	布蘭登·山德森	520
1HB105	破碎帝國首部曲：荊棘王子	馬克·洛倫斯	380
1HB106	破碎帝國二部曲：多刺國王	馬克·洛倫斯	399
1HB107	破碎帝國終部曲：鐵血大帝（完結篇）	馬克·洛倫斯	399
1HB108	龍鱗焰火·上冊	喬·希爾	399
1HB109	龍鱗焰火·下冊	喬·希爾	399
1HB110	颶光典籍三部曲：引誓之劍（上）	布蘭登·山德森	399
1HB111	颶光典籍二部曲：引誓之劍（下）	布蘭登·山德森	399

書號	書名	作者	定價
1HB114	大滅絕首部曲：感染	傑瑞．李鐸	399
1HB115	大滅絕二部曲：密碼	傑瑞．李鐸	399
1HB116	大滅絕終部曲：未來（完結篇）	傑瑞．李鐸	420
1HB117	天防者	布蘭登．山德森	420
1HB118	她最後的呼吸	羅伯．杜格尼	399
1HB119	天防者 II：星界	布蘭登．山德森	420
1HB120	五神傳說首部曲：王城闇影	洛伊絲．莫瑪絲特．布約德	550
1HB121	五神傳說二部曲：靈魂護衛	洛伊絲．莫瑪絲特．布約德	599
1HB122	五神傳說終部曲：神聖狩獵	洛伊絲．莫瑪絲特．布約德	599
1HB123	尋找代號八	羅伯．杜格尼	420
1HB124	冰凍地球首部曲：寒冬世界	傑瑞．李鐸	399
1HB125	冰凍地球二部曲：太陽戰爭	傑瑞．李鐸	420
1HB126	冰凍地球終部曲：失落星球（完結篇）	傑瑞．李鐸	420
1HB127C	無垠祕典	布蘭登．山德森	999
1HB128	狼與守夜人	尼可拉斯．納歐達	450
1HB129	栗子人殺手	索倫．史維斯特拉普	499
1HB130	懸案密碼 8：第 2117 號受難者	猶希．阿德勒．歐爾森	499
1HB131	遺忘效應	喬．哈特	450
1HB132	傳奇之人	肯尼斯．強森	499
1HB134	無名之子	布蘭登．山德森	360
1HB135	破鏡謎蹤	坎德拉．艾略特	460
1HB136	烈火謎蹤	坎德拉．艾略特	460
1HB137	颶光典籍四部曲：戰爭節奏（上）	布蘭登．山德森	650
1HB138	颶光典籍四部曲：戰爭節奏（下）	布蘭登．山德森	650
1HB139	失控療程	絲汀娜．福爾摩斯	450
1HB140	非法入境	梅格．蒙德爾	450
1HB141	天防者 III：超感者	布蘭登．山德森	450
1HB142	破咒師	夏莉．荷柏格	450
1HB143	制咒師	夏莉．荷柏格	450
1HB144	一月的一萬道門	亞莉克絲．E．哈洛	450
1HB146	晨碎（限量典藏燙金精裝版）	布蘭登．山德森	499

幻想藏書閣

書號	書名	作者	定價
1HI047	地底王國 1：光明戰士	蘇珊．柯林斯	250
1HI048	地底王國 2：災難預言	蘇珊．柯林斯	250
1HI049	地底王國 3：熱血之禍	蘇珊．柯林斯	250
1HI050	地底王國 4：神祕印記	蘇珊．柯林斯	250
1HI061	地底王國 5：最終戰役	蘇珊．柯林斯	250
1HI062	死亡之門 1：龍之翼（全新封面）	崔西．西克曼&瑪格麗特．魏絲	360
1HI063	死亡之門 2：精靈之星（全新封面）	崔西．西克曼&瑪格麗特．魏絲	360
1HI064	死亡之門 3：火之海（全新封面）	崔西．西克曼&瑪格麗特．魏絲	360
1HI065	死亡之門 4：魔蛟法師（全新封面）	崔西．西克曼&瑪格麗特．魏絲	360
1HI066	死亡之門 5：混沌之手（全新封面）	崔西．西克曼&瑪格麗特．魏絲	420
1HI067	死亡之門 6：迷宮歷險（全新封面）	崔西．西克曼&瑪格麗特．魏絲	420
1HI068	死亡之門 7：第七之門（完）（全新封面）	崔西．西克曼&瑪格麗特．魏絲	360
1HI070	滅世天使	蘇珊．易	280
1HI083	是誰在說謊	卡莉雅．芮德	320
1HI084	超能冒險 1 太陽神巨像	彼得．勒朗吉斯	300
1HI085	超能冒險 2 失落的巴比倫	彼得．勒朗吉斯	300
1HI086	超能冒險 3 暗影之墓	彼得．勒朗吉斯	300
1HI087	滅世天使 2：抉擇	蘇珊．易	320
1HI088	滅世天使 3：重生	蘇珊．易	320
1HI091	混血之裔：宿命	妮琦．凱利	320
1HI093	超能冒險 4 宙斯的詛咒	彼得．勒朗吉斯	320
1HI097	超能冒險 5 時空裂縫	彼得．勒朗吉斯	320
1HI098	混血之裔 2：熾愛	妮琦．凱利	320
1HI099	戰龍旅：暗影奇襲	瑪格麗特．魏絲&勞勃·奎姆斯	550
1HI100	戰龍旅 2：暴風騎士	瑪格麗特．魏絲&勞勃·奎姆斯	550
1HI101	戰龍旅 3：第七印記（完結篇）	瑪格麗特．魏絲&勞勃·奎姆斯	550
1HI102	血修會系列：聖血福音書	詹姆士·羅林斯&蕾貝卡·坎翠爾	399
1HI103	混血之裔 3：永恆(完結篇)	妮琦．凱利	320
1HI106	沉默的情人	拉斐爾．蒙特斯	350
1HI107	血修會系列 2：無罪之血	詹姆士·羅林斯&蕾貝卡·坎翠爾	420
1HI108	血修會系列 3：煉獄之血(完結篇)	詹姆士·羅林斯&蕾貝卡·坎翠爾	420
1HI109	千年之咒：誓約(上)	丹妮爾．詹森	250
1HI110	千年之咒：誓約(下)	丹妮爾．詹森	250
1HI111	千年之咒 2：許諾	丹妮爾．詹森	380
1HI112	千年之咒 3：永生（完結篇）	丹妮爾．詹森	380
1HI113	四猿殺手	J. D.巴克	380
1HI114	被提 1992	曹章鎬	380

書　號	書　　名	作　　者	定價
1HI115	千萬別想起	詹姆斯・漢金斯	399
1HI116C	克蘇魯神話 I：呼喚（精裝）	霍華·菲力普·洛夫克萊夫特	499
1HI117C	克蘇魯神話 II：瘋狂（精裝）	霍華·菲力普·洛夫克萊夫特	499
1HI118C	克蘇魯神話 III：噩夢（精裝）	霍華·菲力普·洛夫克萊夫特	499
1HI119	自我魔術方塊	薛惠元	350
1HI120	克蘇魯神話 IV：恐懼（精裝）	霍華·菲力普·洛夫克萊	550

謎幻之城

書　號	書　　名	作　　者	定價
1HS005C	基地（艾西莫夫百年誕辰紀念典藏精裝版）	以撒．艾西莫夫	380
1HS005Y	基地（紀念書衣版）	以撒．艾西莫夫	280
1HS007C	基地與帝國(艾西莫夫百年誕辰紀念典藏精裝版）	以撒．艾西莫夫	380
1HS007Y	基地與帝國（紀念書衣版）	以撒．艾西莫夫	280
1HS010C	第二基地(艾西莫夫百年誕辰紀念典藏精裝版）	以撒．艾西莫夫	380
1HS010Y	第二基地（紀念書衣版）	以撒．艾西莫夫	280
1HS000P	基地三部曲（未來金屬書盒版）	以撒．艾西莫夫	999
1HS011C	基地前奏(艾西莫夫百年誕辰紀念典藏精裝版）	以撒．艾西莫夫	500
1HS011Y	基地前奏（紀念書衣版）	以撒．艾西莫夫	420
1HS012C	基地締造者(艾西莫夫百年誕辰紀念典藏精裝版）	以撒．艾西莫夫	500
1HS012Y	基地締造者（紀念書衣版）	以撒．艾西莫夫	420
1HS000N	基地前傳（未來金屬書盒版）	以撒．艾西莫夫	999
1HS013C	基地邊緣(艾西莫夫百年誕辰紀念典藏精裝版）	以撒．艾西莫夫	500
1HS013Y	基地邊緣（紀念書衣版）	以撒．艾西莫夫	420
1HS014C	基地與地球(艾西莫夫百年誕辰紀念典藏精裝版）	以撒．艾西莫夫	500
1HS014Y	基地與地球（紀念書衣版）	以撒．艾西莫夫	450
1HS000R	基地後傳（未來金屬書盒版）	以撒．艾西莫夫	999
1HS000Z	基地全系列套書 7 本（紀念書衣版）	以撒．艾西莫夫	2550
1HS000K	基地全系列套書(艾西莫夫百年誕辰紀念燙銀限量專屬流水編號典藏精裝書盒版．共七冊）	以撒．艾西莫夫	3350

F-Maps

書號	書名	作者	定價
1HP001	圖解鍊金術	草野巧	300
1HP002	圖解近身武器	大波篤司	280
1HP004	圖解魔法知識	羽仁礼	300
1HP005	圖解克蘇魯神話	森瀨繚	320
1HP007	圖解陰陽師	高平鳴海	320
1HP008	圖解北歐神話	池上良太	330
1HP009	圖解天國與地獄	草野巧	330
1HP010	圖解火神與火精靈	山北篤	330
1HP011	圖解魔導書	草野巧	330
1HP012	圖解惡魔學	草野巧	330
1HP013	圖解水神與水精靈	山北篤	330
1HP014	圖解日本神話	山北篤	330
1HP015	圖解黑魔法	草野巧	350
1HP016	圖解恐怖怪奇植物學	稲垣榮洋	320

聖典

書號	書名	作者	定價
1HR009C	武器屋（全新封面燙金典藏精裝版）	Truth in Fantasy 編輯部	420
1HR014C	武器事典（全新封面燙金典藏精裝版）	市川定春	420
1HR026C	惡魔事典（精裝典藏版）	山北篤等	480
1HR028X	怪物大全（全新封面燙金典藏精裝版）	健部伸明	特價 999
1HR031	幻獸事典（精裝）	草野巧	特價 499
1HR032	圖解稱霸世界的戰術——歷史上的 17 個天才戰術分析	中里融司	320
1HR033C	地獄事典（精裝）	草野巧	420
1HR034C	幻想地名事典（精裝）	山北篤	750
1HR035C	城堡事典（精裝）	池上正太	399
1HR036C	三國志戰役事典（精裝）	藤井勝彥	420
1HR037C	歐洲中世紀武術大全（精裝）	長田龍太	750
1HR038C	戰士事典（精裝）	市川定春、怪兵隊	420
1HR039C	凱爾特神話（精裝）	池上正太	540
1HR040	日本超人氣繪師×魔女·魔法少女圖鑑	Sideranch	450
1HR041C	暢銷奇幻大師的英雄寫作指導課（精裝）	布蘭登．山德森等人	399
1HR042C	日本甲冑事典（精裝）	三浦一郎	799
1HR043C	詭圖：地圖歷史上最偉大的神話、謊言和謬誤（精裝）	愛德華．布魯克希欽	699
1HR044C	克蘇魯神話事典（精裝）	森瀨繚	699

1HR045C	中國鬼怪圖鑑（精裝）	張公輔	550
1HR046C	世界地圖祕典：一場人類文明崛起與擴張的製圖時代全史（精裝）	湯瑪士．冉納森．伯格	899
1HR047C	作家的祕密地圖：從中土世界，到劫盜地圖，走訪經典文學中的想像疆土	休．路易斯一瓊斯	890
1HR048C	幻想惡魔圖鑑（精裝）	監修者：健部伸明	650
1HR049C	中國甲胄史圖鑑（精裝）	周渝	650
1HR050C	鬼滅之刃大正時代手冊：以真實史料全方位解讀《鬼滅》筆下的歷史與文化	大正摩登同人會	450
1HR051C	都市傳說事典：臺灣百怪談（精裝）	何敬堯	750
1HR052C	妖怪大圖鑑（精裝）（日本國寶大師，鬼太郎作者，妖怪博士水木茂首次授權全彩圖鑑）	水木茂	750
1HR053C	世界經典戰爭史：影響世界歷史的 55 場戰爭全收錄！（精裝）	祝田秀全	450

城邦文化奇幻基地出版社

Fantasy Foundation Publications

http://www.facebook.com/ffoundation/

TEL：02-25007008 FAX：02-25027676

BEST 嚴選 146

晨碎

原著書名／Dawnshard
作　　者／布蘭登・山德森（Brandon Sanderson）
譯　　者／傅弘哲
企畫選書人／王雪莉
責任編輯／王雪莉

版權行政暨數位業務專員／陳玉鈴
資深版權專員／許儀盈
行銷企畫／陳姿億
行銷業務經理／李振東
副總編輯／王雪莉
發行人／何飛鵬
法律顧問／元禾法律事務所　王子文律師
出版／奇幻基地出版
城邦文化事業股份有限公司
台北市 115 南港區昆陽街 16 號 4 樓
電話：(02)25007008　傳眞：(02)25027676
網址：www.ffoundation.com.tw
e-mail：ffoundation@cite.com.tw
發行／英屬蓋曼群島商家庭傳媒股份有限公司城邦分公司
台北市 115 南港區昆陽街 16 號 8 樓
書虫客服服務專線：(02)25007718・(02)25007719
24 小時傳眞服務：(02)25170999・(02)25001991
服務時間：週一至週五 09:30-12:00・13:30-17:00
郵撥帳號：19863813　戶名：書虫股份有限公司
讀者服務信箱 e-mail：service@readingclub.com.tw
歡迎光臨城邦讀書花園　網址：www.cite.com.tw
香港發行所／城邦（香港）出版集團有限公司
電話：(852) 2508-6231　傳眞：(852) 2578-9337
e-mail：hkcite@biznetvigator.com
馬新發行所／城邦（馬新）出版集團
【Cite(M)Sdn. Bhd】
41, Jalan Radin Anum, Bandar Baru Sri Petaling,
57000 Kuala Lumpur, Malaysia.

封面設計 / 蔡佩紋
排　　版 / 邵麗如
印　　刷 / 高典印刷有限公司
■ 2024 年 2 月 29 日初版
■ 2024 年 5 月 3 日初版 1.6 刷

售價 / 499 元

國家圖書館出版品預行編目資料

晨碎 / 布蘭登 . 山德森 (Brandon Sanderson) 作 ; 傅弘哲譯 . -- 初版 . -- 臺北市 : 奇幻基地出版 , 城邦文化事業股份有限公司出版 : 英屬蓋曼群島商家庭傳媒股份有限公司城邦分公司發行 , 2023.01
面 : 公分 . -（Best 嚴選 ; 146）
譯自 : Dawnshard
ISBN 978-626-7210-05-5

874.57　　111018768

AN 4717702123642

rinted in Taiwan.

廣　告　回　函	
北區郵政管理登記證	
台北廣字第000791號	
郵資已付，免貼郵票	

115 台北市南港區昆陽街16號8樓

英屬蓋曼群島商家庭傳媒股份有限公司城邦分公司 收

請沿虛線對摺，謝謝

奇幻基地

每個人都有一本奇幻文學的啓蒙書

奇幻基地粉絲團：http://www.facebook.com/ffoundation

書號：**1HB146**　　書名：晨碎

奇幻基地・2024山德森之年回函活動

好禮雙重送！入手奇幻大神布蘭登・山德森新書可獲2024限量燙金藏書票！
集滿回函點數或購書證明寄回即抽山神祕密好禮、Dragonsteel龍鋼萬元官方商品！

【2024山德森之年計畫啟動！】購買2024年布蘭登・山德森新書《白沙》、《祕密計畫》系列（共七本），各單書隨書附贈限量燙金「山德森之年」藏書票一張！**購買奇幻基地作品（不限年份）五本以上，即可獲得限量隱藏版「山德森之年」燙金藏書票；購買十本以上還可抽總值萬元進口龍鋼公司官方商品！**

好禮雙重送！「山德森之年」限量燙金隱藏版藏書票＆抽萬元龍鋼官方商品

活動時間：2024年1月1日起至2024年10月30日前（以郵戳為憑）
抽獎日：2024年11月15日。
參加辦法與集點兌換說明：2024年度購買奇幻基地任一紙書作品（**不限出版年份，限2024年購入**），於活動期間將回函卡右下角點數寄回奇幻基地，或於指定連結上傳2024年購買作品之紙本發票照片／載具證明／雲端發票／網路書店購買明細（以上擇一，前述證明需顯示購買時間，連結請見奇幻基地粉專公告），寄回五點或五份證明可獲限量隱藏版「山德森之年」燙金藏書票，寄回十點或十份證明可抽總值萬元進口龍鋼公司官方商品！

活動獎項說明

山神祕密耶誕好禮＋「寰宇粉絲組」（共2個名額）
布蘭登的奇幻宇宙正在如火如荼地擴張中。趕快找到離您最近的垂裂點，和我們一起躍界旅行吧！
組合內含：1. 躍界者洗漱包 2. 躍界者行李吊牌 3. 寰宇世界明信片 4. 寰宇角色克里絲別針。

山神祕密耶誕好禮＋「天防者粉絲組」（共2個名額）
衝入天際，遨遊星辰，撼動宇宙！飛上天際，摘下那些星星！組合內含：1. 天防者飛船模型 2. 毀滅蛞蝓矽膠模具 3. 毀滅蛞蝓撲克牌 4. 寰宇角色史特芮絲別針。

特別說明

活動限台澎金馬。本活動有不可抗力原因無法執行時，主辦單位有權決定取消、中止、修改或暫停本活動。
請以正楷書寫回函卡資料，若字跡潦草無法辨識，視同棄權。
活動中獎人需依集團規定簽屬領取獎項相關文件、提供個人資料以利財會申報作業，開獎後將再發信請得獎者填妥資訊。若中獎人未於時間內提供資料，主辦單位有權取消得獎資格。
本活動限定購買紙書參與，懇請多多支持。

人資料：

名：＿＿＿＿＿＿ 性別： 年齡：＿＿＿＿ 職業：＿＿＿＿＿ 電話：＿＿＿＿＿＿

址：＿＿＿＿＿＿＿＿＿＿＿＿ Email：＿＿＿＿＿＿＿＿ □訂閱奇幻基地電子報

對奇幻基地說的話或是建議：＿＿＿＿＿＿＿＿＿＿＿＿＿＿＿＿

奇幻基地

請剪下右邊點數，集滿十點寄回奇幻基地即可參加抽獎，影印無效。

1 A Year of Sanderson 2024

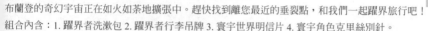